Il contesto

73

Roberto Alajmo

Carne mia

Sellerio editore

e-mail: info@sellerio.it
www.sellerio.it

Questo volume è stato stampato su carta Palatina prodotta dalle Cartiere di Fabriano con materie prime provenienti da gestione forestale sostenibile.

Alajmo, Roberto <1959>

Carne mia / Roberto Alajmo. - Palermo : Sellerio, 2016.
(Il contesto ; 73)
EAN 978-88-389-3569-5
853.914 CDD-23 SBN Pal02992316

CIP - *Biblioteca centrale della Regione siciliana «Alberto Bombace»*

Carne mia

Grazie a Salvo Palazzolo, Valeria Militello, Alessandra Spalletta, Daniela Vaccaro, Marco Carapezza.

Grazie anche agli amici che mi hanno ospitato nelle loro case durante la stesura del romanzo: Mario D'Amore e Marisa La Mantia, Giuseppe Marsala e Francesca Cosentino, Sandro Giacomarra e Lucia Ferruzza, Francesco Piccolo e Gabriella D'Angelo, Raimondo Giammanco e Giovannella Brancato.

R. A.

Questa storia finisce con due ragazzini che camminano su una strada diritta.

Uno è più grande, già adolescente. Si chiama Calò.

L'altro, più piccolo, gli tiene la mano. Ogni tanto si volta a guardarlo con occhi d'ammirazione. Si chiama Kevin.

Camminano uno accanto all'altro ai margini della strada, fuori dalla carreggiata, su una striscia di terra coperta da sterpaglie secche. A destra la strada, a sinistra una pineta di quelle che nella Spagna del sud vengono piantate come argine alla desertificazione.

Parla Kevin:

– Quindi la maestra gli ha detto... e lui gli ha detto... allora io mi sono alzato e gli ho detto...

Calò ascolta. O meglio: sta zitto, preso da pensieri suoi. Le parole di Kevin sono un ronzio continuo, unica concorrenza alle cicale della zona.

Sulla strada passa ogni tanto un'automobile, ma da quando si trovano in marcia sono state tre in tutto. E loro sono in marcia da un pezzo. In ogni caso le auto hanno rallentato, ma nessuna si è fermata.

Poi una macchina si ferma. Il conducente abbassa il vetro del finestrino:

– Serve aiuto?

Calò gli risponde senza smettere di camminare, e Kevin si adegua. Nemmeno lo guardano.

– No grazie.

– Ma che ci fate in mezzo alla strada? Dove state andando? Vi serve un passaggio?

Allora Calò si ferma e lo fissa:

– Lei è un pedofilo?

Al che l'automobilista rialza il vetro barricandosi dentro l'aria condizionata della macchina e fila via molto rapidamente.

I due ragazzini riprendono la marcia.

Istintivamente si tengono all'ombra, ma l'ombra è intermittente. Hanno l'aria di dover camminare ancora un po', e fa caldo. Per fortuna portano scarpe da ginnastica ai piedi, bermuda e magliette leggere.

Kevin nella tasca destra tiene un giochino elettronico.

Dalla cintola dei pantaloni di Calò spunta il manico di un punteruolo.

Questa storia comincia da tutt'altra parte: anni Novanta, Sicilia, Palermo, Borgo Vecchio. Una enclave all'interno della zona più prestigiosa della città. Duecento metri separano Napoleon, negozio di scarpe extralusso, da una sacca di sottosviluppo che si muove su ritmi e regole diversi, tutti propri. Un paesello ritagliato in pieno centro urbano, che resiste alle infiltrazioni della modernità, rinunciando ai benefici dell'integrazione in cambio dell'indipendenza morale e amministrativa. Poco oltre ci sarebbe il mare, ma è inutile farci conto.

Calogero Montana vende frutta in piazza. Il suo negozio consiste in un ombrellone piazzato sul marciapiede, che protegge le cassette da sole e pioggia. La bancarella rimane aperta fino a notte avanzata, fuori da ogni regola annonaria. Ma tanto controlli non se ne vedono mai, al Borgo Vecchio. Ogni giorno la chiusura è informale e indeterminata. Poco alla volta la sera i clienti scemano e si trasformano in amici predisposti a perdere tempo: chiacchiere, briscola, e si fa presto mezzanotte. Dopo, basta disporre una tenda attorno alla mercanzia, tanto nel quartiere nessuno tocca niente.

E così via. Vita senza soprassalti, per Calogero Montana.

Poi, una notte di febbraio, la moglie Mela non lo vede tornare a casa e subito si preoccupa. Il marito si fa molto i fatti suoi, ma a casa per dormire ci torna sempre. Quando capisce che è troppo tardi anche per una serata di bagordi, nel cuore della notte Mela esce di casa lasciando i bambini che dormono, percorre i duecento metri che separano casa sua dalla piazza, arriva fino alla bancarella di frutta. È chiusa, la tenda regolarmente tirata per tutelare la mercanzia. In strada non c'è nessuno cui fare domande. Del resto sono le quattro del mattino, troppo presto per tutti, troppo tardi per certuni. Mela torna a casa sperando che nel frattempo Calogero sia tornato, ma non è tornato.

Rimane a vegliare fino alle sette, quando i figli devono alzarsi per andare a scuola. Non dice niente, se non che papà è già uscito. Li prepara come ogni giorno, senza lasciar trapelare nulla, fa colazione assieme a loro e li accompagna. Poi se ne va in giro a chiedere se qualcuno nel quartiere ne sa niente, e no. Ogni volta che incontra un conoscente ha l'impressione di essere compatita. Magari davvero non hanno idea, ma di sicuro se la fanno subito attraverso lei e le sue patetiche domande. La pena è anche dover dare notizie alla gente, lei che vorrebbe riceverne. La mattina se ne va così, fra pena e compatimento, informazioni più date che ricevute. Poi va a prendere i ragazzi a scuola e attraversa il quartiere per tornare a casa.

Calogero tornava sempre a casa per pranzo: un piatto di pasta e di nuovo al lavoro. I bambini chiedono come mai invece oggi no, lei risponde che papà è partito.

– E quando torna? Dov'è andato?
– Che v'interessa dove è andato?
– Ma quando torna?
– Torna quando torna. Ora mangiate.

In famiglia molte cose rimangono sottintese, e gli stessi bambini ci mettono poco a capire che non bisogna insistere troppo. Papà è da qualche parte, tornerà quando sarà tempo di tornare.

Dopo due giorni trascorsi a non saper che pensare, Mela si convince a denunciare la scomparsa. Andare in commissariato normalmente non si usa, rappresenta il riconoscimento di un'autorità che non si conosce. Per lei è una sconfitta, una specie di conclamazione della perdita del marito. Significa che ormai lei stessa si è convinta che non ci sia altro da fare. In cuor suo si è rassegnata, comincia un periodo di lutto strisciante. Niente segni vistosi: si veste di nero già da anni, avendo cominciato per non sa manco lei quale morte in famiglia, e non ha smesso più perché si è resa conto che il nero la faceva sembrare più magra. La piccola vanità di una donna che per il resto rappresenta, agli occhi di tutto il quartiere, esempio di modestia.

La novità più importante della loro vita è che i figli si ritirano da scuola. A vendere frutta ci si mette lei, e i figli servono per dare una mano. Questo va a spiegare ai professori. Quelli obiettano che per i ragazzi l'istruzione è importante, insistono perché finiscano almeno l'anno in corso, ma Mela dice quel che deve dire, e quel che dicono i professori nemmeno l'ascolta.

Questi figli, Enzo e Franco, sono molto diversi fra loro. Il piccolo pare più grande del grande, e il grande più piccolo del piccolo. A nessuno dei due è parso vero di lasciare la scuola, unico piacevole effetto collaterale dell'improvvisa scomparsa del padre, che del resto nella loro fantasia potrebbe sempre tornare da un momento all'altro.

Mentre per il piccolo grande, Franco, lasciare la scuola significa prendersi la responsabilità della propria vita e gettarsi nel lavoro, per il grande piccolo, Enzo, lasciare la scuola significa gettarsi nel far niente. Distaccato alla bancarella di famiglia, Franco si trasforma in un soldatino che segue le direttive e nel giro di due settimane è indipendente, anzi intraprendente. Enzo è l'opposto: pasticcia, si annoia, intralcia più di quanto riesca ad aiutare. Viene pure il dubbio che lo faccia apposta, finché ogni giorno, dopo qualche ora, è la madre stessa a mandarlo via.

– Enzù, vattene a casa che ci facciamo più figura.

Enzo se ne va con la faccia impunita di chi non aspettava altro. E manco a casa: se ne va chissà dove, a perdere tempo chissà con chi.

I primi giorni Mela ha la sensazione che la gente del quartiere abbia steso una specie di cordone sanitario attorno alla bancarella di famiglia. Non viene a comprare quasi più nessuno, e nessuno che si fermi anche solo a chiedere notizie del marito. Forse si è creato un imbarazzo, sta di fatto che i Montana trascorrono la maggior parte del tempo ad aspettare una clientela che non arriva. Eppure in passato la rivendita è sempre andata bene, abbastanza da far campare quattro persone. Adesso, in tre, non riescono a farla funzionare. L'inesperienza, forse. Ma Mela pensa che una madre semi-vedova con due figli dovrebbe suscitare la compassione della clientela del quartiere, e compensare così l'inesperienza. Per cui un giorno particolarmente solitario si leva il grembiule da lavoro e affida la bancarella a Franco:

– Tanto ormai sei grande.

– Tu dove vai?

– Ora torno. Qua di fronte.

Qua di fronte è la macelleria del signor Pino. Il signor Pino è molto conosciuto, al Borgo Vecchio. Conosciuto e stimato. Quando c'è un problema tutti vanno a consigliarsi da lui, e lui ascolta tutti. Sotto l'insegna *Carnezzeria* i clienti comprano salsiccia, spiedini, stigghiola igienicamente garantiti e pareri su qualsiasi problema. Se hai un figlio disoccupato vai in carnezzeria, compra due chili di capretto e vedi che il signor Pino qualche dritta te la dà. Ma anche su beghe condominiali, questioni ereditarie, diritto di parcheggio abusivo: il signor Pino trancia e consiglia, affetta e decreta.

Se Mela va a trovare il signor Pino è anche perché, oltretutto, parlare con lui è meno faticoso di ripetere le stesse cose a tutti gli abitanti del quartiere. E anche il risultato finale, di solito, è molto migliore. Parli con lui e vale per l'intera popolazione del Borgo.

– Signor Pino, io qua sono.

– Mela, che ti serve?

– Un poco di fegato per i picciriddi.

– Fegato.

Il signor Pino si muove fra bancone e retrobottega, torna con una massa gelatinosa color rosso scuro.

– Tanto ci basta?

– Lei che dice, signor Pino? Ci basta?

– E io che ne so? Lei me lo deve dire.

Il signor Pino sorride cercando la complicità di alcuni amici che stazionano in permanenza nel locale. I quali amici ricambiano il sorriso. Sottinteso:

– (Ma vedi questa con che richieste se ne viene).

– I picciriddi sono sciupati. Il dottore disse che il fegato ci fa bene.

– E certo: il fegato fa bene a tutti.

– Ci vuole, il fegato.

Pino si ferma a soppesare le parole di Mela, la fissa negli occhi. Lei lo stesso, ma dopo qualche secondo li abbassa e dice:

– Noialtri niente chiediamo. Se magari un pochino di fegato ci tocca pure a noialtri... ma senza nulla a pretendere.

Il signor Pino prende atto, incarta il fegato nella carta oleata. E lo consegna a Mela.

– Quanto devo?

– Non si preoccupasse.

– Non mi devo preoccupare?

– Le ho detto: non si preoccupasse.

Nei giorni seguenti gli affari riprendono a marciare, e in capo a qualche settimana si stabilizzano su un livello più che soddisfacente. La clientela torna generosa e abbondante, superiore al passato. Lo stesso Calogero Montana, probabilmente buonanima, avrebbe approvato.

A diciassette anni Franco è orfano da due e si è del tutto impadronito della vita. È lui ad aprire bottega ogni mattina, lui a trattare coi grossisti, lui a servire la maggior parte della clientela. Col tempo Mela si è ritagliata uno spazio che in altri ambiti si definirebbe di pubbliche relazioni. Ha una nicchia di mercato composta da signore più o meno della sua età. Un paio di queste condividono con lei il destino di vedove bianche. I loro mariti sono spariti allo stesso modo di Calogero Montana, prima di lui. Nessuna ne parla, tantomeno Mela, ma anche a guardarle dall'esterno, a giudicare dalla qualità dei silenzi, si capisce che fra loro esiste un vincolo sottinteso fatto di dolore comune.

Enzo invece ha presto smesso pure di far finta di provarci, a lavorare. Alla bancarella manco si presenta più. Certi giorni la madre, verso l'una, torna a casa per cucinare e lo trova ancora a letto. Cucina, e quello sempre a letto. Mangia un boccone, va a dare il cambio a Franco per garantire l'orario continuato, ed Enzo ancora dorme. Spesso connette il sonno notturno con quello pomeridiano, una specie di orario continuato al contrario. Dopo che la madre gli ha dato il cambio, a casa torna Franco che grida:

– Enzo, ancora dormi?!

Quello bofonchia senza manco rigirarsi nel letto, Franco scuote la testa, mangia la pasta che la madre gli ha lasciato sul tavolo, coperta da un altro piatto perché non si raffreddi troppo, e torna al lavoro senza che il fratello abbia dato particolari segni di vita.

Le responsabilità adulte di cui s'è fatto carico hanno portato Franco a interrogarsi sulla scomparsa del padre. Gli sembra doveroso conoscerne la sorte, se non altro. Nell'immediatezza erano circolate delle voci, in proposito. Voci che parlavano di donne, di fuga volontaria. Ma al Borgo certe voci circolano senza fondamento, e Franco capisce benissimo che dietro la scomparsa del padre ci dev'essere stato qualcosa di diverso.

Allora comincia a domandare in giro, ottenendo solo risposte condoglianti e generiche.

– Che brava persona era tuo padre...

– Chissà che fine ha fatto tuo padre.

I meno ipocriti:

– Speriamo che tuo padre è felice dov'è.

Viceversa certuni, i più ipocriti, usano il presente indicativo, per far credere di credere che sia ancora vivo. Su questo punto Franco non nutre illusioni: suo padre è morto e sepolto da qualche parte, se pure si sono degnati di seppellirlo. Si accontenterebbe di sapere dove, e magari perché è sparito. Questa indagine informale va avanti per un paio di settimane senza risultati apprezzabili. Poi alla bancarella si presenta il figlio del signor Pino, che nessuno si ricorda mai come si chiama, e tutti quindi continuano a chiamarlo così: il figlio del signor Pino.

– Fra', che si dice?

– Che si deve dire? Tutto a posto.

– A posto?

– A posto.

– Andiamoci a prendere un caffè.

Franco guarda la madre, che senza aspettare domande dice:

– Qua ci penso io.

Prendere il caffè comporta un attraversamento della piazza. Trenta metri in tutto. Si capisce che il figlio del signor Pino deve dirgli qualcosa, ma per entrare in argomento aspetta di essere al bar. Anche il caffè lo prendono in silenzio. Franco sa che, nella distribuzione dei ruoli, gli tocca aspettare, e non fa domande. Anche al momento di pagare non c'è discussione: tocca al figlio del signor Pino per almeno un paio di motivi. Primo: è stato lui a proporre. Secondo: la sua famiglia ha il conto aperto in quel bar. Non c'è nemmeno bisogno di dirlo al cassiere. Uscendo, il figlio del signor Pino fa cenno di scrivere, nel senso di aggiungere al conto. Escono, e il figlio del signor Pino si accende una sigaretta. Tira la prima boccata e poi sfiata assieme al fumo:

– Fra', tu a tuo padre meglio che non ci pensi più.

– È mio padre. Non ci devo pensare? Che significa?

– Significa che ci devi pensare solo dentro di te. Fattelo spiegare da tua madre, che è una brava donna.

Non c'è bisogno di altre parole. Si salutano baciandosi su entrambe le guance.

Dopo quel caffè Franco capisce che effettivamente non ci deve pensare più. Non sente nemmeno il bisogno di parlarne con la madre, che già da tempo cerca di non pensarci. Col fratello, poi, è inutile qualsiasi discorso.

Franco smette di fare domande ad amici e conoscenti, cosa che coincide con un ulteriore aumento del fatturato-non fatturato del banco frutta. La vita va discretamente, tutto sommato: non c'è motivo di complicarsela per una questione di puntiglio.

Da allora in poi, Calogero Montana s'identifica in tutto e per tutto con una fototessera ingrandita, sgranata e incorniciata, piazzata fra un'immaginetta di padre Pio e un Cuore di Gesù, in quella che col tempo è diventata una baracca sempre abusiva però consolidata, con pareti di compensato che conferiscono all'esercizio di famiglia l'apparenza di un chiosco di frutta vero e proprio, per quanto malmesso.

Franco rinuncia non tanto alla vendetta, che mai è stata in discussione, ma alla stessa verità. Pazienza: vivrà senza conoscere i dettagli.

Un certo giorno Mela torna a casa verso mezzogiorno, come al solito. Come al solito non ci sono tracce di Enzo, a parte la porta chiusa della stanza come astratto indizio di presenza. Si mette a friggere le zucchine per la pasta e dopo qualche secondo sente dei passi, qualcuno alle sue spalle. Senza manco girarsi dice:

– Enzù, ti faccio il caffè?

– Magari, signora: io qua non so dove mettere le mani...

È una voce femminile, e Mela si spaventa. Voltandosi di scatto vede che è una bruna sui vent'anni, con addosso una maglietta del figlio. E basta, all'apparenza. Avrebbe un sacco di cose da chiederle, ma alla fine prevale l'amore di mamma:

– Enzo dov'è?

– Di là, si sta svegliando. Mi ha chiesto se gli fai il caffè.

Mela non ha grandi competenze grammaticali, ma non le sfugge la seconda persona singolare. Non dice niente perché avrebbe un mucchio di cose da dire e non sa da dove cominciare, per cui si adegua alla confidenza della sconosciuta:

– E tu?

Sottinteso:

– (Da dove spunti?).
– Io Ivana, piacere.
Niente mano tesa, nemmeno uno sguardo.
– Sei amica di Enzo?
– Una specie di amica, sì.
– Enzo non ci ha mai presentato...
– Non c'è stata occasione.
– Difatti.
Mela si convince a prendere la moka e preparare il caffè, ma è frastornata. Resta combattuta fra l'istinto di cortesia e la stizza per l'invasione di campo, del tutto inedita per le consuetudini di famiglia. Ivana invece è serenamente ignara di ogni sfumatura. Si mette seduta al tavolo della cucina e aspetta. Sbadiglia, si stiracchia. Poi, mentre la macchinetta è sul fuoco, così com'è venuta, se ne torna di là, senza salutare né avvertire.
Dopo pochi minuti il caffè è pronto e Mela chiama da una stanza all'altra:
– Caffè pronto!
Nessuna risposta. Grida più forte, scandisce:
– Il-caffè-è-pronto!
Ancora niente. Decide di fregarsene e torna a occuparsi in esclusiva delle zucchine, ma in capo a due minuti pensa al caffè che si raffredda e va direttamente a chiamarlo, a chiamarli. Si ferma per discrezione a distanza di sicurezza dalla porta chiusa e dice con tono di voce sostenuto:
– Enzo: vedi che il caffè si raffredda.
Rimane lì trattenendo il fiato, ma non riesce a distinguere niente; nessun suono trapela da dietro

la porta chiusa. Si avvicina ancora per capire, sta per chiamare di nuovo, ma se non hanno risposto significa che si sono riaddormentati. Torna in cucina e si versa una tazzina di caffè. Non è affatto ora di caffè, per quanto la riguarda: ma odia l'idea dello spreco.

La pasta è quasi pronta, la lavora in padella assieme alle zucchine e una pioggia di caciocavallo, poi se ne serve una porzione modesta. Non ha fame, il caffè fuori orario e la violazione domestica hanno contribuito a chiuderle l'appetito. E poi ha fretta di tornare da Franco per dargli il cambio e avvertirlo della novità che lo aspetta a casa.

– Quindi tu sei...
– Ivana, piacere.
– Ivana...
Franco soppesa il nome e la circostanza. Se la trova davanti essendo stato preparato dalla madre, quindi cerca di fare la faccia più disinvolta che può. Non lo scandalizza tanto che il fratello si porti una ragazza a dormire in casa, ma gli dispiace per la madre. Gli pare una mancanza di rispetto che lei non merita. È stata una brava madre. Ha attutito come poteva l'impatto che la scomparsa del padre ha avuto su di loro, li ha cresciuti al meglio. Farle trovare Ivana in casa è stata una mancanza di riguardo, quanto meno.

Il tempo del cambio della guardia in bancarella e la coppia di fidanzati si è definitivamente svegliata, stanno facendo colazione spartendosi la pasta con le zucchine che la madre ha preparato abbondante, ma per tre persone. E loro adesso a dover mangiare sono quattro. Difatti la padella risulta ormai vuota. Dovevano essere molto affamati, per aver fatto fuori appena svegli le porzioni generose della madre. Enzo fa scarpetta con il pane nel residuo d'olio rimasto sul fondo.

– Non te ne abbiamo lasciato...

Vorrebbe essere dispiaciuto, ma il suo sguardo incrocia quello di Ivana e tutti e due scoppiano a ridere. Ridono fra loro, per chissà quale motivo. Ma Franco ha la sensazione che ridano di lui. L'hanno lasciato senza niente da mangiare: e ridono. Ridono anche troppo, scompostamente, in maniera esagerata. Una risata fuori luogo, che somiglia a quelle degli ubriachi a tarda notte, fatte apposta per svegliare chi vorrebbe dormire. Ma Ivana ed Enzo non sono affatto ubriachi, e non è nemmeno notte: sono le due e mezzo del pomeriggio.

Franco sceglie di non polemizzare perché non gli pare il caso di dare scandalo di fronte a un'estranea, ma prende mentalmente appunti sulle cose che prima di stasera vuole chiarire col fratello.

Quando finalmente i due la finiscono, dopo ripetuti soprassalti di ridarella, Franco è già davanti al frigo per vedere cos'altro c'è da mangiare. Trova un vecchio pezzo di provola e si siede cominciando a sbucciarlo per togliere la parte ormai giallastra e dura. Ivana domanda:

– Com'è?

Di nuovo scoppiano a ridere come due deficienti. È per qualcosa che riguarda il formaggio che sta mangiando, perché lei lo indica apertamente. Tanto che Franco si ferma per cercare di capire. Enzo deve avere un minimo di consapevolezza, perché prova ad abbozzare una spiegazione.

– È che prima lei lo aveva preso... e io avevo detto... niente. Niente.

Ancora risate.

Franco sbuffa, rinuncia. Si alza e va a buttare il formaggio, riservandosi di passare in rosticceria per mangiare un'arancina al volo.

Quando esce, sforzandosi di non sbattere la porta di casa, in cucina i due stanno ancora ridendo.

– Enzo, non è che a tua madre la puoi trattare così.

– Così come? Che ho fatto?

Il fratello casca dalle nuvole. Sembra non rendersi conto della situazione.

– Perciò! Ci fai trovare a quella in casa!

– Quella è una persona, con un nome. Si chiama Ivana.

– E chi mi rappresenta, questa Ivana?!

– Ti deve rappresentare la mia ragazza.

– State assieme?

– A te che ti pare?

– Ma pure se state assieme, così ce la presenti a tua madre? Col culo di fuori?

– Intanto, non aveva nessunissimo culo di fuori. Ma poi, che mi fai la predica? Che sei mio padre, che mi fai la predica? Ricordati che sei mio fratello. Minore, per giunta. Per cui, prima di parlare di Ivana sciacquati la bocca.

– Io non ho detto niente di Ivana. Per me Ivana o un'altra è uguale. Il problema è che non te la puoi portare a casa così.

– E chi lo dice?

– Io, te lo dico. Io e tua madre.

– Inutile che metti in mezzo la mamma. Lei l'ha vista e non ha detto niente.

– A te, non ha detto niente...

– A te sì? E perché non me lo dice in faccia, quello che mi deve dire?

Franco tira un sospiro. Rifiata. Si prende due secondi prima di rispondere.

– Lascia stare la mamma, ora stiamo parlando noi due...

– Io la devo lasciare stare? Chi l'ha messa in mezzo, la mamma? Tu! Tu l'hai messa in mezzo!

– Ti sto dicendo che potevi fare le cose un poco meglio. Invitavi questa Ivana a mangiare una sera qua a casa, gliela presentavi ufficialmente, e nessuno ti diceva niente.

– Seeee, ora facevamo l'acchianàta. Ma che ti pare che siamo nell'Ottocento? Sveglia, Francù! Che sei antiiiico...

Franco si mette una mano sulla bocca, lascia passare altri due secondi e cambia argomento:

– E cosa fa questa Ivana? Studia, lavora?

Enzo risponde mentre accende il televisore.

– Studia.

– Che studia?

– Per estetista.

– Ah, estetista!

Franco adopera un tono di piacevole sorpresa. Enzo stacca gli occhi dal televisore per scrutare il fratello:

– Eh, estetista.

– E dove abita?

– Abitava con un'amica.

– Abitava?
– Finora, abitava.
– E ora?
– Ora ci ha litigato. Cose di femmine.
– E quindi...
Enzo lo dice senza distrarsi da quel che sta guardando:
– Ieri notte ha dormito qua.
– E stanotte?
– Le ho detto che se voleva restare ancora, non c'è problema.

– Ci hai parlato?
– Ci ho parlato, ci ho parlato...
– E...

Mela aspetta notizie. Franco ne sa poco, quel poco che ne sa non gli piace, e quel che non piace a lui meno ancora piacerà a sua madre. Per cui: prudenza.

– Dice che è la sua ragazza.
– E da quando?
– Non me l'ha detto... A te come t'è parsa?
– Insomma, così. E a te come t'è parsa?
– Uguale. Ride sempre.
– Perlomeno è allegra.
– Eh, perlomeno.
– Poi che t'ha detto?

Franco esita, poi sputa il rospo:

– Dice che per stasera dorme di nuovo qua.
– Ma chi, lui o lei?
– Tutt'e due.
– Ma dove? Qua posto non ce n'è.
– Nella sua stanza.
– Da Enzù? Ma il letto è piccolo!
– Che ti devo dire? Si vede che si amano e si stringono.

Pure sua madre: non fa niente per rendere le cose più semplici. Ma Franco la capisce. Nel suo mondo non era previsto che un figlio portasse da un giorno all'altro una ragazza a dormire in casa. Mela è smarrita. Fa quello che sempre fa quando è nervosa, contrariata o, appunto, smarrita: cucina. Si mette a cucinare.

– Che stai facendo, ma'?

– Il macco, per domani.

– Domani non c'era già la frittata di pasta col sugo?

– Quella pure. Ma il macco è verdura, ti fa bene.

– E le fave? Le fave fresche ce l'hai?

– Non c'è bisogno. Si fa con quelle secche.

Franco capisce che lei deve sfogarsi in qualche modo, e cucinare il macco è un buon modo. Mentre comincia ad affettare le cipolle, Mela domanda:

– Come abbiamo detto che si chiama?

– Ivana.

– E che fa?

– Vuole fare l'estetista.

– Che estetista?

– Perché, a te quanti tipi di estetista ti risultano?

– Mani, piedi, ciglia, sopracciglia, depilazione?

– Non lo so.

– Magari lei un lavoro ce l'ha. Speriamo che tuo fratello prende esempio...

– Veramente, da quello che ho capito, *studia* da estetista. E se stamattina s'è svegliata all'una come lui, tanto tanto non mi pare che studia.

– A posto siamo.

– A posto vero.

La madre finisce di fare la cipolla a pezzetti e la versa nell'olio caldo suscitando uno sfrigolio che si spegne subito.

Dopo quella sera, la sera dopo. E la sera dopo ancora. In capo a un mese, Ivana diventa ospite fissa a casa Montana. Dorme in camera di Enzo, si sveglia pure lei con comodo e si presenta direttamente a ora di pranzo, ma solo se non c'è nessuno in giro. Dopo la prima volta, con Enzo hanno avuto l'accortezza di restare in camera se si svegliano mentre in casa c'è qualcuno. Evitano al massimo di incrociare Franco e la madre. Oppure spuntano in cucina assieme, spalleggiandosi a vicenda. Allora succede che mentre la madre prepara il pranzo, loro fanno prima colazione. In silenzio. Anzi, è la madre che accenna a un minimo di conversazione, perché nella sua visione del mondo bisogna essere gentili sempre e comunque.

– Avete dormito bene?

– Mh.

Di solito risponde Enzo, perché Ivana si è molto chiusa da quando ha capito che non è simpatica al resto della famiglia. Tiene il muso per la maggior parte del tempo, rotea gli occhi, sbuffa, inverte l'accavallamento delle gambe, trattiene risatine sarcastiche. E quando parla peggiora le cose:

– Il letto è scomodo.

La madre avrebbe molte risposte sulla punta della lingua. Esita, e alla fine sceglie la più innocua. Non vuole lo scontro.

– Che ha il letto?

– È piccolo.

– Certo che è piccolo. Non è ch'è fatto per dormirci in due.

– Ma intanto noialtri siamo due.

Interviene Enzo:

– Forse più tardi ne vado a comprare uno a una piazza e mezzo.

Mela valuta tutte le implicazioni di un'affermazione del genere, positive e negative. Positive: quindi di pomeriggio suo figlio farà qualcosa, anziché restare a ciondolare per casa. Negative: quindi Ivana ha intenzione di rimanere a lungo. A parte questo e il costo dell'investimento, le sembra che le controindicazioni siano pure parecchie altre:

– E che c'entra in camera tua, un letto grande?!

– No grande. Ho detto a una piazza e mezzo. Alla francese.

– Che francese e francese?

– Il letto a una piazza e mezzo si chiama alla francese.

La condiscendenza di Enzo, la sua mancanza di senso della misura rischiano di farle perdere la pazienza. Ma la prende come una tentazione che il Signore ha voluto mandarle per metterla alla prova. Sceglie di cedere, sperando che tutta quella conversazione le venga scomputata dagli anni di purgatorio:

– Figlio mio, fai quello che vuoi.

Mela si morde la lingua, s'impone di non fare polemica. Quel figlio è fatto a modo suo, e la ragazza sembra degna di lui. Non si piglia chi non s'assomiglia. Una cosa però lei la deve dire:

– Con quali piccioli te lo compri, 'sto letto?

– Coi piccioli miei, non ti preoccupare.

– E dove sono questi soldi? Dove li tieni tutti 'sti piccioli?

– Eh: i soldi del negozio.

In famiglia la bancarella la chiamano negozio. Mela si rende conto di aver appena aperto un nuovo fronte di contrasto:

– Ma in negozio tu non ti fai vedere da un mese, perlomeno.

– Perché voialtri non mi volete.

Suo figlio gliele tira dalla bocca. Con la tenaglia, proprio.

– Non è che non ti vogliamo: sei tu che non hai voglia di lavorare.

– Io, non ho voglia di lavorare? Io? Ivana, talè, andiamocene che sennò oggi a mia madre non so che ci faccio.

Del resto il caffè l'hanno finito, mangiare hanno mangiato. Enzo e Ivana tornano in camera tenendosi per mano. Lui quasi la trascina.

La madre mette in ordine la cucina, comprese le tazzine che i due hanno lasciato sul tavolo. Apparecchia per Franco e gli lascia come al solito il piatto coperto per mantenere tiepida la pasta con l'acciuga, che tiepida deve essere mangiata. Sospira e va.

Appena la sentono uscire, dalla stanza vengono fuori i due innamorati che, durante il cambio della guardia fra Mela e Franco, sanno di avere un quarto d'ora di libertà, senza nessuno intorno a sindacare su quello che fanno.

Enzo va in bagno a lavarsi, Ivana, si aggira per la casa guardandosi in giro. Sposta oggetti, certe volte li rimette al loro posto, certe volte no. Apre gli stipetti della cucina, li richiude. Quando sente scorrere l'acqua in bagno va diritta a un certo cassetto, nella camera da letto di Mela. Lo apre, fruga e trova un piccolo gruzzolo di banconote. Ne sfila una da cinquantamila e la fa sparire infilandosela nelle mutande.

Un giorno Enzo si presenta alla bancarella. Nell'ultimo periodo è molto dimagrito, la pelle gli è diventata quasi trasparente e tende a squamare. Difatti la madre si preoccupa, gli dice di mangiare, di farsi vedere da un dottore. Lo vede e fa dei versi ottenuti facendo schioccare la lingua fra denti e palato:

– Tz, tz...

Versi che esprimono preoccupazione e impotenza. Franco pure è stato in apprensione per il fratello, ma ha smesso di chiedere da quando ha messo in relazione il dimagrimento di Enzo, e pure di Ivana, con l'emorragia che ha colpito il cassetto dove tengono i soldi di famiglia. Con la madre non ne parla, ma Franco ha il sospetto che anche lei abbia capito. La vede angustiata, ma tace. Entrambi sanno, ma non parlarne è un modo per relegare il dolore in un ambito ristretto, senza propagarlo più di tanto. Mettere in comune la consapevolezza vorrebbe dire prendere atto formalmente del problema. Una cosa che nessuno dei due ha voglia di fare.

È pomeriggio inoltrato, clienti non ce ne sono. Stranamente con Enzo non c'è nemmeno Ivana, che di solito è sempre con lui. Questo gli consente di entrare subito in argomento:

– Dobbiamo parlare.

Si rivolge a entrambi, madre e fratello. Franco si incarica di rispondere a nome di entrambi:

– Di che dobbiamo parlare?

– Di tante cose. Di 'sto negozio, per esempio.

– Che ha 'sto negozio?

– Per carità, niente. Solo che non è mio. Non lo sento mio. Non mi interessa più.

Mela si tormenta le mani. È Franco a parlare:

– E quando mai t'è interessato, scusa?

Enzo non raccoglie:

– Inutile che discutiamo. Non andiamo d'accordo su niente. Ci ho pensato. Senza offesa: io mi prendo le mie cose e me ne vado.

La madre non riesce a rimanere zitta:

– Quali cose? Che ti prendi? Dove te ne vai?

– Qua, la mia parte del negozio. Un terzo.

Franco capisce, smette di costruire la piramide di arance in esposizione che stava fabbricando:

– Non è che è la Fiat, 'sto negozio. Non è che ti diamo un terzo e la società è sciolta. 'Sto negozio c'è perché ci siamo noi che ci lavoriamo. Se non ci lavoriamo noi, non esiste.

– Non m'interessa. Mi serve la mia parte. Ho parlato con un amico mio avvocato, che dice che mi spetta un terzo di tutto.

Il confronto è fra lui e Franco. Mela può solo ascoltare e soffrire:

– Un amico avvocato, nientemeno!

– Eh.

– E chi è quest'amico? Perché non me lo presenti?

– ...

– Chi è, Ivana, quest'avvocato?

– Tu non la devi nominare.

Franco ricomincia a mettere in pila le arance:

– Vuoi piccioli? Che ci devi fare?

– A te che t'interessa?

– Se i piccioli li vuoi da noialtri, per forza che c'interessa. A che ti servono?

– Me ne vado a vivere da un'altra parte.

Enzo fa una piccola pausa, poi prosegue:

– ... Ne ho parlato con Ivana e 'sta situazione non può andare avanti. Voialtri non la sopportate...

Fa un'altra pausa.

– ... E allora ce ne andiamo.

Un'arancia scappa di mano a Franco, rotolando per terra:

– Ma dove dovete andare? Quella non ha né arte né parte, e tu peggio di lei...

– Questi non sono fatti tuoi.

– Insomma, Enzù: qua noialtri ci abbiamo solo gli occhi per piangere. Se vuoi ci spartiamo quelli.

Enzo allora si rivolge alla madre:

– Se mi sposo, la casa me la devi fare, sì o no?

– Se ti sposi è un altro discorso...

– E allora fai conto che mi sposo.

Franco scuote la testa, la parola passa a Mela.

– Ti sposi? E quando ti sposi?

– Mese prossimo.

– Così di subito? Ma certe cose bisogna farle bene, non è che uno si sveglia, piglia e si sposa.

Mentre pronuncia questa frase Mela rallenta, come se parlando si rendesse conto di un risvolto ulteriore:

– A meno che...

Enzo guarda in alto, a destra e a sinistra. Ovunque tranne che negli occhi della madre. Ma conferma:

– A meno che... Appunto.

La madre allora pone una domanda tecnica:

– E di quanto?

– Di abbastanza per spicciarci.

– Ma oggi non è come una volta, che se una esce incinta subito si deve sposare. Oggi non c'è tutta questa fretta.

L'improvviso modernismo della madre suona stonato persino alle orecchie di Franco, che pure ha capito il dramma che si sta consumando nel cuore di Mela, e che si riassume molto in breve: quella si è fatta mettere incinta.

Quando arrivano i bambini, anche i peggiori nodi familiari si sciolgono. Tendono a sciogliersi. Per Enzo, Ivana e il loro figlio in arrivo si trova un bilocale adatto. Alla scelta contribuisce pure la famiglia di lui, perché su quella di lei a quanto pare c'è poco da fare affidamento: coi suoi Ivana ha litigato senza possibilità di riconciliazione. Manco sanno del figlio.

La nuova casa in affitto non è distante dalla casa della nonna, che fa comodo, e non è troppo grande, perché non potrebbero permettersela. Il bambino all'inizio dormirà assieme a loro, poi si vedrà. Alla nuova sistemazione contribuisce attivamente Franco, che non si tira mai indietro. E poi è sollevato all'idea di non dover più convivere con quei due. Almeno, senza averli sotto gli occhi ogni giorno, può sperare di non pensarci più.

La casa si arreda con poco, col contributo di tutti, soprattutto di Mela, che mette a disposizione una piccola somma frutto dei risparmi fatti assieme al marito. Alla fine non c'è stato bisogno di mettere nero su bianco niente: inutile spartirsi le quote teoriche di una ditta informale-familiare che non ha nessuna consistenza legale. Se c'è da mettere mano al portafogli per aiutare un parente, Mela non si tira indietro, e nemmeno Franco. In famiglia ci si aiuta, specie in momenti del genere.

Resta l'occhio del mondo, sempre pronto a malignare in casi di matrimonio precipitoso. Mela azzarda una soluzione che potrebbe salvare le apparenze.

– Magari potete fare una mezza fuitina...

Franco ed Enzo insorgono all'unisono, ed è il primo a dichiararsi subito contrario.

– Che fuitina, mamà? Non è più tempo di fuitine. La gente se ne sta fottendo di che fanno loro due, e noialtri dobbiamo fottercene di che pensa la gente.

Non c'è stato nemmeno bisogno di sposarsi, se non altro per evitare spese ulteriori. Enzo e Ivana vivranno assieme e basta.

Ora sono nel nuovo appartamento. Ivana sulla poltrona con una mano sul ventre ed Enzo all'impiedi al suo fianco. Sono entrambi magrissimi, e specialmente lei fa impressione, con la pancia abnorme che tira sul vestito. Di fronte, sul divano, Mela e Franco, quest'ultimo ancora sudato per aver appena finito di piazzare una serie di scaffali alle pareti.

Mela si preoccupa. Della nuora, ma soprattutto del nipote venturo:

– La devi mangiare, qualche cosa.

– Che ti pare che non mangio? Mangio. Ma si vede che il mio fisico brucia tutto, e non ingrasso. Meglio così.

Mela sospira, guarda l'identica magrezza di Enzo e pensa a come sta crescendo, come crescerà il bambino in arrivo. Da quando s'è scoperta la gravidanza è cominciato in famiglia un armistizio, che prevede l'aggiramento di ogni contrasto possibile. Enzo e Ivana hanno approfittato di questa tregua per venire allo scoperto. In fondo stanno provando a mettere al mondo un figlio, tutto il resto passa in secondo piano. Non che il problema sia stato affrontato. Hanno semplicemente smesso di nascondere gli indizi.

– La culla la potete mettere sotto la finestra. Però bisogna comprare le tende, che sennò il sole ci va di sopra...

Mentre dà consigli per la gestione della casa, gli occhi di Mela si posano su una natura morta: cucchiaio, accendino e boccetta lasciate con noncuranza su un mobile. Nella nuova casa Enzo e Ivana non si nascondono più. Sono nel loro territorio e nel loro diritto.

Mela si rifugia nella dimensione che le sembra più rassicurante:

– Dovete decidere come lo chiamate... Se è maschio o femmina...

Enzo risponde con orgoglio:

– Maschio.

– Maschio! È sicuro?

– Sicurissimo.

– E come...

– Calogero.

Franco, che fino a quel momento è rimasto ad ascoltare il minuetto familiare, si desta dal torpore:

– Come papà?

– Esatto.

Enzo carezza la testa della moglie, un gesto che a Franco pare melenso come tutto il quadretto che si trova davanti. Melenso e guasto, nel suo intimo.

– E come mai avete deciso...
– Come omaggio.
– Strano...
– Che strano?
– Non è che in questi anni a papà ci hai pensato tanto...
– E tu che ne sai?
– No, ti chiedo scusa. È che pensavo che pure io volevo chiamare Calogero mio figlio, quando sarà.
– E invece, pazienza: ci ho pensato già io. Tu non ti devi preoccupare.
Franco rimane in silenzio. Il ragionamento non fa una piega.

C'è una culla volante piazzata dietro il banco. Un po' defilata, in modo da non intralciare il lavoro di Franco e Mela. E nella culla Calogero Junior, che in famiglia viene chiamato per brevità e chiarezza semplicemente Calò. Brevità, chiarezza, e attenuazione di un nome forse troppo impegnativo, per un neonato. Ogni mattina i genitori, con gli occhi stropicciati dal sonno, lo portano di buonora dalla nonna, lo mollano lì e poi tornano a dormire millantando impegni che impedirebbero loro di occuparsi del bambino. Mela è contenta, perché fare la nonna le piace. Quasi sempre Enzo e Ivana non si preoccupano di portare, assieme al bambino, tutto l'arsenale di corredo e alimentazione, e anche a questo deve provvedere Mela, che si lamenta un po' ma è contenta di essere tornata a fare la madre, più che la nonna. Il bambino richiede attenzioni continue, per cui lei è perennemente distratta, e a dedicarsi ai clienti rimane quasi solo Franco.

Il neonato è entrato a far parte dell'arredo della bancarella, e i clienti meno assidui lo notano con allegria. Gli chiedono:

– Che è suo figlio?

E Franco risponde:

– No, di mio fratello.
– E che ci fa qua?
– Lui non lo può tenere, e lo lascia qua.
Con minime varianti, un dialogo del genere si ripete dieci, venti volte nell'arco della mattinata. Alla trentesima volta, scatta una variante:
– Che è suo figlio?
E Franco risponde:
– Sì.
– Che grazioso! E come si chiama?
– Calogero. Calò.
Eccetera.
Per semplificare il bambino viene attribuito a Franco, che pure non risulta ancora sposato, e nemmeno altrimenti accoppiato. Gli abitanti del Borgo sanno che non è così, ma gli avventizi sono convinti che il bambino sia figlio del fruttivendolo. Chi sia la madre e dove sia, interessa poco. Un po' alla volta lo stesso Franco finisce per affezionarsi a quello smottamento della realtà. In una prima fase, nella sua testa funzionava così:
– (Se gli altri credono che Calò sia mio figlio, facciano pure, per me è indifferente).
Dopo ancora qualche settimana, la situazione era mutata nel senso:
– (Se gli altri credono che Calò sia mio figlio, facciano pure, a me fa piacere).
Bisogna considerare pure che Franco non è un bel ragazzo. Corporatura massiccia, tratti grossolani, una stempiatura che già a vent'anni ha cominciato a scavare due fiordi sopra le tempie. Non ha mai

avuto una ragazza fissa, e lui stesso non intravede prospettive di coppia a breve scadenza. Lavora molto, del resto, la sera non ha forze né tempo per corteggiare nessuna. Manco per uscire da casa, se è per questo.

Ivana va a riprendersi il bambino verso le quattro del pomeriggio, e Franco deve ammettere che un po' gli dispiace. Certo: crea problemi quando al mattino la clientela abbonda. Ma di pomeriggio, quando il lavoro si fa meno pressante, in fondo gli farebbe piacere tenerlo ancora un po', giocarci, fare lo zio.

Prima di prelevarlo, Ivana si informa:

– Ha mangiato?

– Insomma: un pochettino.

Per Mela nessuno mangia mai abbastanza. In realtà Calò è un bambino florido, avviato a una pinguedine che somiglia a quella del nonno. Un salto generazionale, se lo si paragona alla magrezza stremata dei genitori.

Ivana prende in braccio il bambino e gli fa le feste. Gli parla, lo coccola. Pare una madre motivata e felice. Presa com'è dal suo ruolo, che del resto comincia solo a pomeriggio avanzato, porta via Calò senza nemmeno ringraziare la suocera, per non dire del cognato. Tutto dovuto, pensa Franco: e mastica amaro.

La sera certe volte vengono in visita a casa della madre: Enzo, Ivana e Calò. Di solito arrivano verso le sette, quando sanno che lei è tornata a casa per preparare la cena. Fatti i calcoli, hanno resistito al bambino per due ore, e già smaniano per liberarsene. La consuetudine prevede che Franco rimanga ancora un po' al banco, il tempo di servire la clientela degli impiegati in uscita dal lavoro, e poi chiudere baracca. Dopodiché passa da casa della madre a mangiare un boccone e subito dopo va a casa sua, un monolocale che ha affittato nel quartiere. Non tanto per smania d'indipendenza, quanto per non farsi la fama di quello che vive con la madre. Certe volte ci pensa, se ne è valsa la pena: in fondo dalla madre non stava male, si facevano compagnia a vicenda. E poi questa casa sua non se la gode per niente, ci torna solo per dormire.

Quando Enzo e famiglia arrivano, subito Mela telefona a Franco tutta festosa:

– Vieni presto, che c'è Calò.

A quel punto Enzo e Ivana sanno che possono contare su una mezz'oretta, prima che Franco sistemi il negozio e si presenti. Quel giorno, come succede spesso, hanno deciso di uscire e mollare il bambino alla nonna per andare a fare i loro giri: Mela immagina quali, e non le piacciono per niente. Sperava che l'arrivo del bambino segnasse una svolta positiva nella vita dei due, ma non è andata così, almeno finora. Anzi: i giri che frequentano sono diventati un rifugio che li protegge dalle ulteriori responsabilità che il figlio comporta.

Però quando le portano il bambino, per Mela è sempre una festa. Glielo piazzano in braccio e lei se lo spupazza mentre i due si aggirano per casa. Enzo apre il frigorifero, la madre lo esorta:

– Pigliati quello che vuoi. Ci sono degli involtini...

Enzo li ha già individuati, se li porta al tavolo e li mangia così come sono.

– Ma che, freddi? Scaldateli un pochetto. Prendi la padella, ci metti un goccio d'olio...

– Mi piacciono così.

Enzo ha sempre fame, e questo a Mela piace. Mangia con appetito famelico, addirittura. Ma non prende peso, anzi: ogni volta le sembra più magro. Ivana invece si aggira per casa svagata. Va in bagno e ci resta per un quarto d'ora. Poi, quando torna, è più svanita di com'era in partenza.

– Ivana, tu non mangi niente?

Quella non risponde, forse manco ha sentito. Fissa la porta come se fosse concentrata su quella. Intanto pure Enzo va in bagno, e ci resta altrettanto tempo. Le donne rimangono sole. Inutile provare a stanare il silenzio catatonico di Ivana: Mela si concentra sul bambino, lo fa saltare sulle ginocchia, cerca di farlo ridere. Ma ogni tanto si ferma e deve ammettere di fronte a se stessa che le costa fatica quel silenzio, tutta la situazione, il pensiero di ciò che sta facendo il figlio, nello stesso istante, dentro il bagno.

Quando esce sembra più rincoglionito della sua compagna. Si siede e fissa pure lui la porta. Ma non dura manco quello: si scuotono, solo il tempo dei saluti e se ne vanno.

– Ma perché subito? Tuo fratello sta venendo, così perlomeno lo vedi.

– No, ma': abbiamo un appuntamento.

– A 'st'ora che appuntamento è? Cinque minuti...

Mela insiste, ma lo sa che vanno via proprio per non incontrare Franco. Fa un estremo tentativo di trattenerli:

– E il bambino?

Risponde Ivana, biascicando:

– Stanotte annàcatelo un poco tu.

Prima che Mela possa accomodare una risposta, sono già fuori.

Lei resta sola con Calò. Fra poco arriverà Franco, e c'è una cosa che vuole fare prima. Col bambino in braccio va nell'altra stanza a controllare il cassetto coi soldi. Li ha contati prima, come ha imparato a fare sempre più spesso. Mancano quarantamila lire.

Franco arriva pochi minuti dopo, giusto in tempo per non incontrare i due. Se loro scappano prima, lui pure ritarda quanto può per evitare l'incontro. Quando bussa a casa della madre, è ragionevolmente certo che non li troverà. Certe volte pensa che è vile mettere la testa sotto la sabbia e far finta che il problema non esista. Ma non sopporta l'atteggiamento di Enzo e il supporto che gli fornisce Ivana. Non che i rapporti col fratello siano mai stati sereni, ma da quando si è messa in mezzo lei, la situazione è degenerata. Assieme, sono fuori controllo. A Franco dispiace che a fronteggiarli debba essere la madre sola, ma lui ha da portare avanti il lavoro, e non se la sente di caricarsi sulle spalle anche questo. Per di più, di fronte alle provocazioni, non risponde di se stesso. Il vittimismo aggressivo di Enzo lo esaspera: più di una volta è stato sul punto di usare le mani. Meglio non esporsi alla tentazione.

Appena la madre gli apre la porta, Franco domanda:

– Se ne sono andati?

– Enzo aveva non so che appuntamento. Ti saluta, dice che domani viene a trovarti...

Franco sorvola sulla benevola menzogna della madre. Lei stessa cambia discorso:

– Hai visto? Hanno lasciato Calò.
– Mischino, 'sto bambino.
– Dovevano uscire.
– Inutile che li giustifichi. Piuttosto: hai controllato?
Mela abbassa gli occhi. Tanto basta a Franco per capire:
– Quanto?
– Quaranta.
– E cinquanta ieri, sono novanta. La settimana scorsa quanti? Perlomeno bisogna che cambi posto.
– Ma mischini, si vede che ci servono. La casa, il bambino... Non hanno il coraggio di chiedere...
– Piccioli già gliene dai abbastanza, e Calò sta più con te che con loro. Lo sai a cosa ci servono, i piccioli.
La madre lo sa, ma non vorrebbe saperlo. Si comporta come se non lo sapesse:
– Non le devi dire, 'ste brutte cose.
– Pure se non le dico, tu lo sai ch'è così.
– Ma come dobbiamo fare? Proprio a noi ci doveva capitare questa disgrazia... La colpa è di quella, che lo portò a mala strada.
Su questo sono d'accordo. Ivana è nefasta. Franco infierisce:
– L'hai visto come la tengono la casa? Ma ch'è posto per farci vivere un bambino? Ma che madre è? Meglio che sta con te, perlomeno non si prende malattie.
– Non è cosa sua, tenere in piedi una casa, crescere un bambino.

Mela si rivolge direttamente a Calò, sorridendo:

– Mischino di te. Meno male che c'è la nonna. E pure lo zio Franco. Ci pensiamo noialtri a te. Che dici? Come ci stai con la nonna?

Calò fa una specie di pernacchietta.

– Lo vedi? Dice che qua sta bene. E con lo zio Franco, ci vuoi stare? Vieni Francù, piglialo in braccio.

Franco accetta volentieri. Calò è un bambino socievole, che si adatta alle circostanze e alle persone. Reggerlo sul petto funziona da calmante. I pensieri vengono spazzati via da quella cosa calda e morbida che si esprime sputacchiando e spernacchiando. Franco ci sa fare, lo gestisce con disinvoltura.

– Glielo vuoi dare tu, il bìberon?

– È pronto?

– Qua.

– Dammelo.

Calò ha un sano appetito, e accetterebbe il latte da chiunque. Però è bello per Franco sentirsi padrone della situazione. Se un giorno trovasse la persona giusta, gli piacerebbe averne uno suo, di figlio.

Enzo e Ivana si muovono in coppia. Quasi sempre, ma non sempre. Oggi Enzo è venuto da solo, di pomeriggio. Calò è lì dalla sera prima, nessuno è venuto a reclamarlo per quasi quarantott'ore. Ormai del resto Mela si è attrezzata con un arsenale di pannolini e biberon per fronteggiare ogni emergenza in totale autonomia. Pure adesso, dopo che non lo vede da due giorni, Enzo non sembra interessato più di tanto al figlio. Un po' ci gioca, lo mette sul divano in equilibrio precario, visto che da solo il bambino non si regge. Ma lo manovra senza convinzione. Gli lancia una piccola palla di gommapiuma, che Calò è troppo piccolo per afferrare. Una, due volte. La palletta sbatte sul bambino e finisce a terra. Enzo è deluso, si aspetterebbe più reattività. Ma poi vede Calò ridere divertito anche solo dal fatto che la palletta gli sbatta addosso, e anche Enzo ride. Gli fa dei versi che vorrebbero essere un modo di comunicare col bambino.

All'ennesima volta che Enzo lancia, la palletta finisce proprio sul naso di Calò. È leggera, non può avergli fatto troppo male. Ma forse abbastanza da lasciare Calò incerto sul da farsi, con la bocca a cucchiaino e le lacrime sul punto di sgorgare. Aspetta di capire come regolarsi, ma intanto si trattiene. Accorre la nonna, si preoccupa anche il padre. Allora Calò capisce quel che il pubblico si aspetta da lui, e si sente autorizzato a scoppiare in lacrime. La nonna lo consola:

– No, che piangi? Che piangi? Chi è stato, papà? Brutto papà!

Fa anche finta di dare a Enzo degli scappellotti a mo' di punizione. Poi si rivolge a lui:

– Ma che gli sbatti la palla sul naso? Il bambino è piccolo!

– Ci stavo giocando...

– Ma no la palla in faccia!

Enzo capisce di essere finito su un terreno dominato dalla madre, sul quale lui può solo subire. Per cui smette subito di giustificarsi e passa al contrattacco.

– Che camurrìa! Tu, e 'stu bambino pure! Come sta facendo, per una palletta di niente... Combattici tu, che io non sono cosa.

Questa mossa rimette la madre in posizione di difesa:

– Non fare così. È tuo figlio. Solo che ci devi stare attento...

– Non è cosa mia, lasciami stare ch'è meglio.

E se ne va nell'altra stanza. La madre si angustia, prende il bambino dalla poltrona e lo mette sul seggiolone, dove è più sicuro. Dopodiché insegue Enzo e lo raggiunge giusto in tempo per trovarlo che fruga in quello che fu il cassetto dei soldi.

– Che fai?

– Dove li hai messi?

– Che stai facendo? Che cerchi?

– I piccioli. Dove li hai messi?

– Li ho levati.

Enzo si allontana dal mobile, si avvicina alla madre.

– Li hai levati e dove li hai messi?

– Non ti bastano quelli che vi do ogni mese? Se te ne servono altri me li puoi chiedere...

– Te li sto chiedendo. Tu dimmi dove li hai messi.

– E tu dimmi che ci devi fare, con tutti questi soldi. Che ci fate, tu e quell'altra, coi soldi?

L'esplosivo era idealmente già piazzato. Serviva un detonatore. Il riferimento a Ivana è il detonatore. Enzo si sente toccato nelle scelte personali: è l'onore della sua donna che deve difendere, anche di fronte alla madre.

– Che t'interessa, che te ne fotte a te? Tu non la devi nemmeno nominare, a Ivana!

Ormai è vicinissimo a lei, che si è stretta contro il muro. Mette una mano avanti per tenerlo a distanza, e così facendo lo tocca sul petto.

– Che fai, mi alzi le mani? Che ti pare che sono picciriddo, che mi alzi le mani? E anche quando, non lo sai che i picciriddi non si toccano?

Mela è subissata. Schiacciata contro la parete, quasi non respira per non lasciare che il suo respiro venga male interpretato dal figlio, che continua a incalzarla.

– Tu capace che le mani gliele alzi pure a Calò, quando non ci sono. Gli alzi le mani? Dillo!

– Enzo, ma che dici?

Le sembra assurdo che possa anche solo immaginare che lei tocchi il bambino. E vorrebbe spiegargli che poc'anzi, sul petto, lo ha solo sfiorato per difendersi, visto che stava per travolgerla. Ma Enzo è un fiume che non si ferma. Solleva la mano come per darle uno schiaffo, ma si blocca e poi la abbassa piano, sulla guancia della madre, quasi come se volesse carezzarla. Però ne viene fuori tutt'altro che una carezza: la mano si posa sulla guancia e continua a spingere con determinazione. La madre chiude gli occhi, aspetta che quella strana carezza si arresti, ma non si arresta. Diventa spinta. Frenata, ma decisamente spinta. Mela ne viene sbilanciata, fa un passo di lato ma inciampa e cade in maniera scomposta. Toccando terra, lancia un grido e porta subito la mano sul petto. Enzo non si lascia commuovere:

– Esagerata! Manco ti ho toccato.

– Ahiahi! Ahiahi!

– Inutile che fai così, non ti ho fatto niente.

– Ahiahi! Ahiahi!

Vedendo la madre che insiste a gemere, a Enzo finalmente un dubbio viene.

Al pronto soccorso è meglio arrivarci in ambulanza. Questa è una nozione che possiedono tutti. Mela è molto dolorante, ma potrebbe camminare. Tuttavia hanno preferito far venire il soccorso pubblico, riuscendo così a saltare la trafila burocratica che tocca ai feriti che arrivano con mezzi propri o accompagnati da terzi. Aspettano ugualmente, ma non in mezzo agli altri disgraziati.

Adesso Mela è su una barella, si tocca il costato, dove le fa più male. Franco è corso subito lasciando la bancarella incustodita. Ha preso in mano la situazione ma non parla se non per questioni di servizio. A parlare in continuazione, per puro nervosismo, è Enzo:

– Niente femore rotto, perlomeno. Ai vecchi appena cadono, ci si rompe il femore. Questione di ossa che diventano fragili. Una caduta da niente, si rompono il femore, devono stare a letto, gli vengono le piaghe, le piaghe si infettano, la circolazione si blocca... Un mese, e sono morti...

A parte il cattivo gusto di parlare di morte in quel posto e con la mamma in quelle condizioni, a Franco brucia l'immaginazione. Già che sua madre sia caduta mentre Enzo si trovava in casa gli dà sui nervi.

Avrebbe potuto fare qualcosa per prevenire, almeno. Ma poi: com'è caduta? Quando, arrivato a casa, ha chiesto com'era successo, sia lei sia il fratello sono stati evasivi, facendosi scudo della fretta di portarla al pronto soccorso.

– Lascia stare com'è successo, portami all'ospedale!

– Ma...

– Portami all'ospedale!

Adesso però bisogna solo aspettare il medico che dovrà visitarla, quindi c'è il tempo di approfondire la questione.

– Insomma, me lo dici come sei caduta?

– Eh, come sono caduta... Come si cade? Sono caduta. Punto.

– Enzo, com'è caduta?

– Ma che ne so io? Era nell'altra stanza, e improvvisamente ho sentito che gridava come una pazza.

Lui e la madre si scambiano uno sguardo che Franco intercetta. Mela abbassa gli occhi.

– Oramai sono caduta, si vede che doveva succedere. Non ne parliamo più.

Franco non fa altre domande. Non tanto per liquidare la storia: ha capito che madre e figlio si sono chiusi in una complicità dalla quale lui è tagliato fuori. Si riserva di scoprire di più, ma non adesso.

Il silenzio resta a pesare per pochi minuti, poi arriva un giovane infermiere con la barba lunga e il camice aperto sulla pancia, che spinge la barella di Mela fin dentro una stanza dove i figli non sono ammessi.

Il silenzio, ristretto a loro due, pesa ancora di più. Anche la parlantina di Enzo si è spenta, e Franco sta a rimuginare fra sé, indeciso se parlare o picchiare direttamente. Sceglie l'opzione più civile, che del resto non preclude l'altra, in prospettiva di breve termine.

– Che ti pare che sono cretino? Vedi che l'ho capito che è successo.

Enzo incassa bene, non si limita alla difesa:

– Che ne sai? Arrivi, giudichi, condanni... Ma io me ne fotto di quello che pensi tu. Non mi fai né caldo né freddo.

– Stai attento a come parli.

– Io parlo come mi pare e piace. Fatti i cazzi tuoi.

Franco scatta. Piazza le mani al collo di Enzo e lo spinge contro un muro. Stringe. Approfitta della magrezza del fratello e gode, veramente gode nel sentire il collo sotto le dita. Ha la netta percezione di quanto facile sarebbe forzare leggermente e togliergli la vita.

Uccidere il fratello.

Un pensiero che dovrebbe sconvolgerlo e invece lo esalta per un lungo istante durante il quale ogni deterrente morale, ogni possibile conseguenza scompare di fronte alla gioiosa prospettiva di spezzare il collo del fratello. Un istinto ancestrale, che affonda nella memoria dispersa della razza umana. In questo istante l'idea del fratricidio è una liberatoria forma di cecità.

Quando Franco ha ormai percorso a ritroso l'intera storia dell'evoluzione, intervengono due infermieri che lo immobilizzano, separano i due fratelli, li riportano alla civiltà e li cacciano dal pronto soccorso affidandoli al presidio ospedaliero di polizia.

Franco è seduto in astanteria. Calmo. Gli agenti si sono limitati a prendere le generalità di entrambi e rimandare Enzo a casa per evitare ulteriori contatti fra i due. Trattandosi di fratelli, in assenza di precedenti per entrambi, gli agenti hanno ritenuto di sorvolare. Alla domanda sulle cause della lite, entrambi hanno parlato del nervosismo per l'incidente capitato alla madre. E a proposito dell'incidente, a verbale è stato messo che era caduta in casa mentre sbrigava le faccende. Altro da dichiarare? Nient'altro.

L'adrenalina bruciata ha lasciato posto all'avvilimento. La madre in ospedale, il fratello mascalzone, e Franco in mezzo a tutto il casino. Da qualsiasi angolatura si sforzi di guardare la situazione, si sente fregato e impotente. Nella sua testa si affolla una ridda di pensieri scomposti, la cui estrema sintesi è: così non si può andare avanti.

Dopo mezz'ora di sconforto trascorsa in mezzo allo strepito doloroso del pronto soccorso, si apre la porta e la madre ne esce accompagnata da un medico. All'apparenza sta bene, a parte l'espressione sofferente. Nessuna ingessatura o fasciatura visibile. Mela domanda:

– Enzo dov'è?

– È dovuto andare a casa.
Il medico interviene:
– Lei è il figlio? Sua madre ha una costola incrinata. Niente di particolarmente grave. Dice che è stato un incidente domestico...
– Io non c'ero.
Mela conferma:
– Domestico. Incidente.
– Insomma: deve stare a riposo. Niente lavori di fatica. Il dolore dovrebbe sparire un po' alla volta, nel giro di qualche giorno. Se non sparisce, fatela vedere dal medico di famiglia.
Franco ringrazia, prende la madre sottobraccio e assieme si avviano verso la macchina.
– Bisogna telefonare a Enzo per dirgli che ha detto il dottore.
– Poi a casa lo chiamiamo.
– Non devi essere cattivo con tuo fratello.
E lei non sa della rissa che c'è appena stata fra loro due. Franco fa un risolino che vorrebbe essere ironico e scuote la testa.
– Io cattivo?
– Dobbiamo avere pazienza, con lui.
– Più pazienti di così...
Sono arrivati al parcheggio, Franco aiuta la madre a salire in macchina, sale anche lui, mette in moto e parte.
A spezzare il silenzio è Mela:
– Ora come facciamo?
– E come dobbiamo fare, un poco alla volta e passa tutto. L'hai sentito che ha detto il dottore?

Mela non risponde. Non subito. Non direttamente.
– Io non me la sento di stare da sola a casa.
Franco non ci aveva pensato: riposo significa riposo. Passa in rassegna tutte le soluzioni possibili, e l'unica praticabile lo riguarda personalmente. Col fratello che ha, con la cognata che si ritrova, tocca a lui trasferirsi a casa della madre e badare a lei fin quando non starà bene. Evviva.

Anche se Franco ha lasciato il suo appartamento per tornare a vivere dalla madre, Mela trascorre da sola la maggior parte del tempo. Il dolore al costato si è attutito nel giro di qualche giorno, come aveva predetto il medico. Enzo è sparito dall'orizzonte: i contatti si sono limitati a qualche telefonata, pure sintetica.

Poi, una decina di giorni dopo, suona il citofono, ed è Ivana.

– Sali, sali.

Porta in braccio il bambino. Sembra ancora più emaciata dell'ultima volta che Mela l'ha vista. In bocca tiene una sigaretta, con buona parte del fumo che finisce in faccia a Calò, felice di rivedere la nonna e ignaro dei rischi del fumo passivo.

Ogni volta che la incontra, Mela per prima cosa le guarda le braccia. Cerca tracce, ma non ne trova mai perché Ivana porta sempre maniche lunghe, estate e inverno. Anche Enzo: sempre in maniche lunghe.

– Che si dice? La costola va meglio?

– Insomma. Certe volte la notte mi sveglio perché...

Ivana la interrompe:

– E l'altro tuo figlio quando torna?

– Verso le otto e mezza.

Ivana prende atto, sembra mentalmente farsi due calcoli. Poi cambia discorso:

– Hai visto? Ti ho portato Calò.

– Hai fatto bene, è un sacco che non lo vedo.

– Se vuoi te lo lascio. Non fa altro che piangere, 'sto bambino.

In effetti Calò, che è stato piazzato sul divano, sembra nervoso, piagnucola.

– Ma che ha?

Chiede la nonna.

– Fame.

Risponde la madre.

– A mezzogiorno non ha mangiato?

– No.

– No? E come...

– Non abbiamo niente.

– Come niente? Può essere mai?

– Eh.

– Zero?

– Zero.

Mela non aggiunge altro. Va in cucina, a recuperare qualche banconota da offrire alla nuora. Quando si volta per tornare in soggiorno, Ivana è sulla porta:

– Ora là li tieni?

Là sarebbe un barattolo conservato nella dispensa. Mela si sente quasi scoperta in flagrante, l'atteggiamento di Ivana lo lascerebbe pensare. Ma è a casa sua, e i soldi è libera di tenerli e spostarli dove e quando vuole. In ogni caso, le allunga ventimila lire. Ivana le guarda:

– E con queste che ci devo fare?

– Che significa?

– Con queste: che ci devo fare?

– Dice che il bambino è digiuno? Compraci un qualche cosa.

Ivana fa una smorfia e un verso:

– Tz... ma che ci devo comprare con ventimila lire...

A ogni buon conto prende i soldi e li ripone nella tasca dei jeans. In soggiorno Calò, lasciato solo, scoppia a piangere per richiamare l'attenzione di qualcuno. La nonna corre, la madre lascia che sia lei a occuparsene. Rimane in cucina e si accende un'altra sigaretta.

Mela prende in braccio il bambino, lo vezzeggia, cerca di distrarlo, ma serve a poco. Calò sembra disperato. Forse è davvero fame. Dopo un minuto finalmente arriva la madre, che senza perdere tempo gli dà un ceffone. Nemmeno tanto piano, visto che Mela, tenendolo in braccio, vacilla.

– Ma che fai?

– Così ha un motivo per piangere.

– Ma non è che gli puoi alzare le mani così! Qualche giorno lo ammazzi!

– Seeeh... Piuttosto, dammelo che è tardi.

Quasi le strappa il bambino dalle braccia, col risultato di farlo piangere ancora di più. Gli dà ancora uno schiaffo, meno forte dell'altro ma comunque abbastanza da riattizzare il pianto di Calò. Mela è annichilita. Li guarda andare via senza poter aggiungere una parola. Poi si getta sul divano e cerca di elaborare un senso per tutta la scena cui ha appena assistito. Non ci riesce, vorrebbe correrle dietro e strapparle il bambino. Immagina pure cosa deve essere la vita in casa loro, quando non c'è nessun estraneo a fare da inibitore. Prende il telefono per parlarne con Franco, ma poi rinuncia perché è stata raggiunta da un nuovo pensiero. Va in cucina, apre la dispensa, prende il barattolo, controlla.

Lo sapeva.

Passa ancora qualche giorno. Franco e Mela sono a tavola. Lei gli ha preparato la pasta coi broccoli. Non parlano. Pensano, probabilmente alle stesse cose. Ma fra loro non c'è bisogno di verbalizzare. Franco siede a tavola e Mela lo serve, aspettando all'impiedi che lui assaggi ed esprima un giudizio. Sono lunghi secondi di degustazione. Poi:

– Buona.

– Ti piace?

– Ti dissi buona.

Mela aspetta ancora qualche attimo prima di sedersi, nel caso il figlio volesse esprimere qualche desiderio tipo supplemento d'olio, sale o caciocavallo, anche se lei si è da sempre dichiarata contraria al formaggio sulla pasta coi broccoli. Poi si siede e lo guarda mangiare. Franco prende tre cucchiaiate e si ferma. La guarda:

– Che fa, non mangi?

– Non ne ho fame.

– Devi mangiare. Sei fatta sicca.

– Io? Tu, sei fatto sicco!

Mela si sente aggredita sul proprio terreno. La prerogativa di sindacare sul peso forma altrui è delle madri, da che mondo è mondo. Franco sorride, appagato per averla spiazzata almeno per scherzo. Finalmente lei capisce, sorride. E lui smette di scherzare, cambia argomento:

– Che ti sei fatta sul naso?

È un taglietto, niente di grave. Ma c'è.

– Ho sbattuto.

La risposta è troppo pronta, troppo precisa. Se ne rende conto per prima lei, che abbassa gli occhi e resta sul vago.

– Dove hai sbattuto?

– Sulla sedia.

– Quale sedia?

– In cucina.

Tutte risposte troppo decise, troppo secche.

– E come hai fatto?

– Sono scivolata e ho sbattuto. Anzi che non mi sono fatta niente.

Il taglio sul naso potrebbe essere causato da un incidente del genere. Franco non insiste, sembra cambiare discorso.

– Notizie di Enzo?

La madre non risponde.

– Ti è venuto a trovare?

La madre sospira.

– Sospiri perché è venuto o perché non è venuto?

La madre finalmente solleva lo sguardo da terra e lo guarda negli occhi. Come dire: sono pronta a rispondere.

– Con chi era?

– Solo.

– Quella non c'era?

– No, solo.
– Magari si sono lasciati.
– Non dire così. Sempre sua moglie è.
– Bella moglie. A parte che non sono sposati...
– Bella o non bella, sempre moglie è. Pure se non sono sposati. Anzi che ha trovato una persona...
Franco per un attimo resta incerto se riferire quella battuta alla sua condizione di celibe senza speranze. Come dire: almeno tuo fratello si è trovato una compagna. Decide di no, sarebbe una crudeltà da parte di sua madre.
– Che persona ha trovato, mamà? 'Sta picciotta lo finì di rovinare.
– Che ti devo dire, figlio mio...
– Non c'è bisogno che mi dici niente. Le cose le capisco da solo.
La guarda diritto negli occhi. Anzi: poco sotto.
Il taglio è richiuso, ma le brucia ancora un po'.

Citofona e aspetta. Lo sa che con Enzo c'è sempre da aspettare. Quelli sentono il campanello e continuano a fare quel che stanno facendo, fregandosene se c'è qualcuno che aspetta sotto il sole o la pioggia. Poi, da quando c'è il bambino, non c'è mai fretta. Citofona ancora e ancora. Prova a telefonare. Niente. Finalmente, quando il dito di Franco è sul punto di scampanellare per l'ennesima volta, all'apparecchio si sente la voce di Ivana:

– Chi è?

– Io. Franco.

– Che c'è?

– Fammi salire.

– Siamo a tavola.

Franco guarda l'orologio. Sono le tre. Se davvero ancora stanno mangiando, saranno sul finire. E poi in quella casa lui è il fratello, il cognato, lo zio.

– Mi piglio il caffè.

– Già ce lo siamo preso.

– Allora avete finito di mangiare...

Franco sente armeggiare dall'altra parte del citofono. Una mano copre la cornetta, ma si sente battibeccare. Poi riprende la voce di Enzo:

– Franco?

– Enzo.
– Dimmi.
– Fammi salire.
– Parliamo da qua.
– Fammi salire.
– Non è possibile.
In sottofondo si sente la voce di Ivana:
– C'è disordine.
Franco freme. Non vuole perdere la pazienza al citofono, dove è facile soccombere.
– Allora scendi tu.
– Sono in pigiama.
– Sempre in pigiama.
– Ognuno a casa sua sta come vuole.
– Sono venuto a vedere mio nipote. Lo posso vedere mio nipote?
– Sta dormendo.
– Ma dormite sempre in questa casa?
– Fatti i fatti tuoi.
Franco sospira, ha capito che non c'è da spuntarla, e si rassegna a parlare attraverso il citofono. Non è l'ideale, ma deve adattarsi perché conosce il fratello e conosce la cognata. Se hanno deciso di non farlo entrare è inutile cercare di farli ragionare. Cambia tattica.
– Sei stato dalla mamma?
– Che t'interessa a te?
– M'interessa. Sei stato dalla mamma? Abbiamo detto che non ci devi andare dalla mamma quando non ci sono.
– Perché non ci devo andare? Che comandi tu? Che è madre solo tua?

– Già te l'ho detto non so quante volte: non ci devi andare dalla mamma.

– E perché?

– Lo sai, perché. Se ci vuoi andare mi chiami e ci andiamo assieme.

Enzo ride. Franco lo sente ridere. Anche Ivana sta ridendo. Ridono assieme. Ridono di lui. Ecco perché non voleva parlare al citofono. Perché a questo punto, potendo, avrebbe preso le loro teste e le avrebbe sbattute una contro l'altra. Una, due, tre, cinque, dieci volte. Cento volte. Fino a farli smettere di ridere.

Ci sono cose che non si possono fare, per citofono.

La buonanima di Calogero Montana possedeva un furgoncino. Gli serviva per trasportare la frutta dal mercato generale fino alla bancarella. Adesso che è passato al figlio, dopo anni, il furgoncino è malmesso, ma continua a fare il suo lavoro. Solo ogni tanto si scarica la batteria, ma Franco ha imparato a conoscere e rispettare i ritmi del furgone. Quando la mattina non parte, sa cosa fare. Tiene i cavetti sotto mano, e con l'aiuto di un amico lo fa ripartire per portarlo in officina. L'elettrauto non ha bisogno nemmeno di sapere qual è il problema. Gli monta un'altra batteria, e per altri due mesi il furgone è a posto. Ha una specie di convenzione con l'officina, che gli fornisce a una cifra forfettaria le batterie che gli servono. Batterie d'occasione, le definisce l'elettrauto; che significa rubate o riciclate. Di sicuro mai nuove. Franco sospetta che in realtà le batterie siano sempre le stesse, due in tutto, entrambe sue, alternate ogni bimestre. Ma pazienza: si accontenta di una modalità provvisoria perpetua, piuttosto che rischiare di pagare per una batteria nuova o una soluzione radicale, che potrebbe essere rappresentata dall'acquisto di un furgone nuovo: quello vecchio ancora funziona, non sarà un gran che, ma il lavoro che deve fare lo fa.

Solo che una mattina, quando va a prendere il furgone, scopre che è sparito. Nei primi momenti cerca di ricordare se il giorno prima l'ha lasciato da qualche altra parte, ma no: devono proprio averlo rubato. Gli pare assurdo, perché il furgone è vecchio e scassato. Forse se ne può cavare qualche pezzo di ricambio, ma non più di questo: e di sicuro non la batteria. Minimo vantaggio per il ladro, massimo danno per lui, che col furgone ci lavorava, e adesso dovrà comprarne uno nuovo.

Franco non si rassegna, però. Al Borgo nessuno tocca niente per antica convenzione territoriale. Un furto del genere è fuori da qualsiasi logica di quartiere. Tutti sanno di chi era il furgone, ed è impensabile che qualcuno venga da altre zone della città a rubare proprio lì. Così Franco va in giro a chiedere notizie, e prima ancora a darne:

– Mi hanno fottuto il furgone.

– Ma come?

– Il tuo furgone?

Sottinteso:

– (Quel rottame?).

– Ma dove?

Sottinteso:

– (In questo quartiere?).

Tutti sono sorpresi, nessuno ne sa niente.

Franco va alla bancarella per fare atto di presenza, nella speranza di piazzare qualche rimanenza del giorno prima e non perdere l'intera giornata di lavoro. Ma non si rassegna, continua a fare congetture fin quando non arriva una telefonata della madre. Non l'ha avvertita per non darle dispiacere, ma adesso glielo dovrà dire per forza. Intanto però è lei a dover comunicare qualcosa:

– Francù, ti prego, vieni subito. Tuo fratello ha avuto un incidente.

– E come sta? Dove l'hanno portato?

– Qua, a casa. Corri.

Certo che corre, Franco. Tutti i dissapori sono sospesi, di fronte a questa notizia. Sale i gradini due alla volta e fa irruzione in casa come se dalla sua presenza dipendesse la salvezza del fratello. Ma non c'era bisogno di correre. Enzo è al tavolo della cucina, senza ferite visibili, di fronte a un bicchiere d'acqua, con la madre che gli sta accanto, in apprensione.

– Ch'è successo?

La domanda è rivolta a Enzo, ma risponde Mela:

– Andò a sbattere.

– A sbattere?

Mentre lo dice, nella testa di Franco sfreccia una rapida catena di pensieri. Primo: Enzo non ha la patente. Secondo: tipico suo, guidare senza patente. Terzo: non ha nemmeno la macchina. Quarto: allora con che cosa è andato a sbattere? Alla fine della sequenza, ha capito tutto. Solo non sa se sentirsi sollevato o ancora più incazzato.

– Ti sei fatto niente?

– Per fortuna no.

In attesa di provvedimenti definitivi, Franco si sente moralmente autorizzato a prendere una piccola rincorsa e sferrare un pugno in bocca al fratello. Un pugno tecnico, senza livore, senza niente di personale, e soprattutto provvisorio: in conto future spettanze.

– Franco, che fa', vieni?

Ormai le telefonate della madre sono ricorrenti, ogni volta per una piccola emergenza diversa. Franco ha imparato a fronteggiarle con spirito di sopportazione, ma senza affrettarsi.

– Sto lavorando. Che fa'? È urgente?

– Ti volevo fare vedere una cosa.

– E non me la puoi fare vedere fra un'ora quando vengo a mangiare, 'sta cosa?

– Come dici tu. Se sei occupato... Però vieni.

– Vengo, vengo.

Franco riprende a lavorare, ma il pensiero rimane. Dal tono della voce di Mela, che voleva essere rassicurante e risultava apprensivo, ha capito che si tratta di un problema vero. Per paradosso, il fatto che la madre volesse sdrammatizzare, lo allarma ancora di più. Dopo dieci minuti sospira, chiude baracca e va.

Quando arriva, Mela lo accoglie sul pianerottolo.

– Ti devo fare vedere una cosa.

Lo porta dentro, dove c'è Calò sistemato al solito sul divano, con un paio di cuscini che dovrebbero impedirgli di cadere. Mela si avvicina e scopre un braccio al bambino.

– Guarda.
C'è un livido scuro.
Gli scopre l'altro braccio.
– Guarda.
Sull'altro i lividi sono almeno due, parzialmente sovrapposti.
Franco serra i denti. Mela chiede:
– Che dobbiamo fare?
– Pezzi di merda.
– Stiamo calmi, Francù. Io il sospetto ce l'avevo. Ma ora?
– Cosa da denunciarlo.
– Lo vuoi denunciare? A tuo fratello?
– A mio fratello e a quella buttana pure.
– Ma non è che puoi denunciare a tuo fratello...
Non può, certo. La denuncia è fuori discussione perché quel genere di problemi si risolve in famiglia. Eppure sarebbe un modo per esorcizzare il male che incombe su di loro: una semplice denuncia, e la questione approderebbe su un piano diverso, impersonale, che consentirebbe di non trascendere. Quasi una maniera di anestetizzare la ferita. Per di più, tutte le soluzioni alternative che Franco passa mentalmente in rassegna sono peggiori di quella. Qualcosa però bisogna fare.
– Glielo dobbiamo levare, 'sto bambino.
– E come facciamo?
– Non lo so. Ma loro non sono cosa di crescerlo. Lo ammazzano, a momenti...
– Certo. Però prima parliamone con Enzo. Magari c'è una spiegazione...

Franco pensa.
– Quando devono venire a prenderselo?
– Più tardi, verso le otto, hanno detto...
– Allora aspettiamo.

Enzo e Ivana arrivano con un'ora di ritardo sul previsto. Hanno entrambi l'identico sguardo perso: da quando stanno assieme hanno cominciato a somigliarsi. Non si può dire che non siano una coppia affiatata. Sono mezzo rincoglioniti, ma Enzo è abbastanza lucido per accorgersi al primo sguardo che qualcosa non va. Se ne accorge dall'atteggiamento di Franco, dalla finta cordialità della madre, che corre a prendere il bambino e lo tiene fra le braccia. Domanda:

– Che è successo?

A rispondere è Franco:

– Questo lo sai tu.

– Io?

– Voialtri. Tutti e due, ce lo dovete dire.

– ...

– Il bambino. Che ci avete fatto al bambino, che è pieno di lividi?

– Che lividi?

Franco si avvicina a Calò, mostra al fratello le braccia del bambino, prima il destro, poi il sinistro. Non c'è bisogno di aggiungere niente. Enzo minimizza:

– Si vede che ha sbattuto da qualche parte, mischino.

Franco sorride sardonico:

– Può essere mai che tutti cadono e sbattono, quando ci sei tu nei dintorni? Non è che per caso porti sfortuna?

Enzo si aggrappa a quest'ultima frase e finge di prendere alla lettera il sarcasmo del fratello. L'obiettivo è far deragliare la conversazione:

– Io? Come ti permetti?

– Inutile che fai l'offeso. Qua c'è 'sto bambino che è pieno di lividi.

– E quindi? Significa che sono stato io?

– O tu, o questa gran buttana.

La tensione, che era andata crescendo di minuto in minuto, esplode. Enzo e Ivana si lanciano su Franco, mentre Mela afferra il bambino e lo mette al riparo. Sono due contro uno, ma i due sono debilitati, mentre Franco è in forze e molto motivato nel picchiare, ha bisogno di sfogare molta rabbia. Non gli pare vero di poterli prendere a schiaffi senza nemmeno farli avvicinare. Ne allontana uno con una spinta e dà un ceffone all'altra. Così, ritmicamente, una, due volte, alternando spinte e ceffoni a lui e a lei. Prova una specie di esaltazione all'idea di dare una lezione a quei due drogati che nemmeno provano più a nascondersi. La colluttazione diventa quasi subito un inseguimento, con i due che scappano intorno al tavolo e Franco che li afferra a turno e li colpisce. A Ivana comincia a uscire sangue dal naso, ma Franco non si ferma, anzi va esaltandosi sempre di più, in un crescente delirio di potenza. Ancora uno: spinta e ceffone. Sempre più forte, trovando sempre meno resistenza.

Enzo per primo e Ivana a ruota si sottraggono prendendo la porta d'uscita, e scappano per le scale rischiando di inciampare un paio di volte ciascuno. Franco resta a osservare dall'alto, sul pianerottolo, la loro fuga. Ha il fiatone, ma da molto non si sentiva così appagato.

Da due piani sotto, quando è sicuro che Franco non li stia inseguendo, Enzo si ferma a urlare:

– Stai accura, che io t'ammazzo! Domani piglio e ti scanno! A te e a tua madre!

Franco accenna a inseguirlo per fargli pagare quest'ultima infamia, e basta questo per mettere di nuovo in fuga Enzo. Poi si ferma, aspetta di sentire sbattere il portone esterno e torna dentro. La madre sta cullando Calò fra le braccia, cercando di farlo smettere di piangere. Si rivolge al figlio:

– Comunque non diceva vero.

L'indomani Franco va dal signor Pino, che al Borgo resta sempre dispensatore di saggezza.

Una novità degli ultimi anni è che bisogna prendere il numerino dall'apposita macchinetta e attendere il proprio turno. Altra novità è che accanto al signor Pino, come spalla-factotum di bottega, si muove il figlio del signor Pino.

Regola vuole che ognuno aspetti il proprio turno, sia i clienti ordinari sia quelli venuti per un consulto. Il signor Pino serve con professionalità i primi e, quando viene il turno dei secondi, lascia il coltello al figlio che, accettandolo come uno scettro, prende il comando del bancone e comincia a sua volta a servire i clienti.

– Signor Pino, le devo dire una cosa delicata.

In questi casi, la formula di risposta è:

– Andiamoci a fumare una sigaretta.

La frase assume valore metaforico, specie in quanto il signor Pino non fuma, né ha mai fumato. I due escono, si piazzano all'ombra e confabulano al riparo da indiscrezioni. Ma siccome anche fuori dal negozio qualcuno li può sempre ascoltare, la conversazione avviene su un piano di vaghezza, senza mai fare riferimenti precisi. Tocca a Franco esporre il problema:

– Sono venuto per parlare di mio fratello...

– Allora non c'è bisogno che mi dici niente.
– Ieri...
– Lo so.
– Lei sa tutto? Ma tutto tutto?
– Tutto.
– L'altro giorno mi ha rubato il furgone.
– Lo so.
– Con mia madre, lui...
– Lo so.
– Pure col bambino...
– Lo so.

A questo punto Franco si prende una pausa. Poi riprende:

– Signor Pino, ma come devo fare?
– Eh. Come devi fare... I casi sono due.
– ...
– O lo sopporti... E vedi che la sopportazione è una virtù, pure la Chiesa predica spirito di sopportazione...

Qui è il signor Pino che fa una pausa. Ma Franco capisce che la risposta è rimasta in sospeso:

– Oppure?
– Oppure ci rompi le corna.
– Ci rompo le corna in che senso?
– Nel senso di ci rompi le corna.

Il signor Pino ha la caratteristica di non guardare mai negli occhi l'interlocutore. Fissa un punto sopra la spalla sinistra di Franco, che in certi momenti ha la tentazione di voltarsi per vedere a sua volta cosa sta guardando. Soprattutto però vorrebbe essere sicuro di aver capito bene:

– Ma secondo lei ce le posso rompere vero? O rompere per modo di dire?

– Ti pare che ha fatto danno solo a te? L'altro giorno ci fu uno scippo in corso Scinà. Una signora. Chi ti pare che è stato?

– Lui?

– In corso Scinà. Lo sai chi ci abita in corso Scinà?

– Chi ci abita?

– Io, ci abito.

– Cose di pazzi...

– È diventato una mina vagante. E manco se ne rende conto.

– Colpa di quella buttana. Io ci romperei le corna a tutti e due...

Franco cerca di intercettare lo sguardo del signor Pino per riuscire a interpretare la risposta. Che però non si fa attendere:

– E tu rompicele.

– A tutti e due?

– Che ti sto dicendo?

Franco non pretende un permesso scritto, ma manco vuole che ci siano fraintendimenti.

– Ma se io putacaso ci rompo le corna a tutti e due, non è che poi qualcuno mi rompe le corna a me? La famiglia di lei che deve dire?

– Te ne devi fottere della famiglia di lei. Non esiste.

– Allora me ne fotto?

– Io al tuo posto me ne fotterei. Semmai il problema è che è tuo fratello. Sangue tuo. Carne tua.

– Carne mia un cazzo, con rispetto parlando.

Da quando c'è stata la rissa in famiglia sono passati due giorni, e Calò è rimasto sempre a casa della madre. Nessuno dei genitori è venuto a reclamarlo. Franco non sa se deve essere contento, di questo. È contento perché così il bambino è al sicuro, ma gli fa rabbia che quei due se ne freghino persino del figlio. Ha imparato a voler bene a Calò, anche se è figlio di suo fratello. Anzi, proprio perché il destino si è accanito su di lui facendolo nascere figlio di suo fratello. Quel che ha deciso di fare Franco lo farà per sua madre e solo in minima parte per se stesso, ma soprattutto lo farà per Calò. Spera solo che lui in futuro non venga a saperlo o, se lo scoprirà, abbia la capacità di capire il perché.

Mentre aspetta nel buio, Franco pensa alle botte date alla madre, ai soldi rubati, ai lividi sulle braccia del bambino. Coltiva questi ricordi e li lascia marinare nell'alcol che ha bevuto al bar per farsi coraggio, dopodiché li usa come ingredienti per lasciar montare la rabbia e trovare la forza di passare all'azione. La rabbia gli serve. Il portone di casa di Enzo è a pochi passi. Lui impugna un grosso punteruolo che abitualmente tiene in negozio e che, ha calcolato, gli serve a fare tutta una serie di cose.

Prima cosa: avvicinarsi al portone in un momento in cui nessuno vede e inserire la punta fra i due battenti.

Seconda cosa: forzare.

Entra. Le prime due cose non sono state difficili. Dopo aver riaccostato il portone, sale le scale cercando di fare meno rumore possibile. Arrivato al piano, ripete l'operazione: inserisce il punteruolo fra stipite e porta di casa, dopodiché basta fare leva e la porta si apre con un rumore secco, che risuona nel silenzio. Rimane immobile per qualche secondo lasciando che il rumore si spenga del tutto, e allo stesso tempo ascolta eventuali suoni provenienti dall'interno. Quanto basta per verificare che nessuno si sia svegliato.

Accosta la porta. Franco adesso è nell'ingresso dell'appartamento. Poggiate al muro ci sono quattro biciclette, più un'altra mezza smontata, a terra. In cucina piatti sporchi galleggiano nell'acqua del lavello, in un angolo ci sono un paio di sacchetti della spazzatura chiusi alla meno peggio, che diffondono puzza in tutto l'ambiente. Sul tavolo si trovano posate di buona fattura, forse d'argento, e tazze di porcellana, per la maggior parte rotte o scheggiate. Altri oggetti preziosi – orologi, cornici, vassoi, un candelabro – si trovano sugli scaffali, ammucchiati in disordine.

Enzo e Ivana potrebbero svegliarsi da un momento all'altro. Sarebbe penoso, e poi molto più complicato. Ci sono cose che vanno fatte presto, senza lasciare che il dubbio prevalga, senza consentire nemmeno che un dubbio venga posto.

Franco va in camera da letto.

Stanno dormendo.

Nella penombra intravede la maglietta di Enzo, nota che è gialla. Ivana invece indossa una specie di sottana.

Prende un lembo del lenzuolo e lo solleva delicatamente fino a coprire le teste di entrambi.

Enzo si muove.

Franco solleva il punteruolo.

Ecco la terza cosa per cui gli serviva il punteruolo.

Colpisce Enzo, due volte.

Ivana si sveglia, tira via il tessuto che le copre il viso. Fa in tempo a emettere un verso che nelle intenzioni voleva essere un grido.

Franco rimette il lenzuolo sulla faccia della ragazza, solleva il punteruolo e colpisce di nuovo.

Due, tre, quattro, cinque volte, molte più di quante ce ne sarebbe bisogno. Ma Ivana se lo merita: se le cose sono andate come sono andate la colpa è sua.

L'alcol è servito, la rabbia è servita. Da un certo momento in poi si è mosso in preda alla frenesia, concentrandosi sugli obiettivi ed escludendo ogni altro dato collaterale.

A richiamarlo dalla trance adesso è un verso infantile: Calò. Nel suo lettino: Calò.

Prima di andare al bar lo aveva mollato dalla madre e niente lasciava immaginare che i due tornassero a riprenderselo proprio oggi, dopo quel che era successo. E invece sono passati a prenderlo. L'ultima stronzata di quei due.

Calò non doveva esserci, ma è un bambino stupendo: si è svegliato, ha assistito a tutta la scena e adesso nemmeno piange. Dal suo lettino si limita a mugolare e tendere le braccia verso lo zio per farsi prendere in braccio.

Impossibile resistere.

Franco si ritrova in strada, in piena notte, con un punteruolo insanguinato alla cintura e un bambino in braccio. Ha agito d'istinto per non lasciare Calò sul luogo del delitto, ma adesso il dubbio gli viene, di aver fatto una cazzata. A portarselo dietro, e prima ancora: a fare quel che ha appena fatto. L'unica possibilità è portarlo dalla madre. Con quel che comporta una decisione del genere. Avrebbe voluto lasciarla fuori da tutto. L'idea era che la notizia le sarebbe arrivata l'indomani, quando qualcuno avrebbe scoperto i corpi, e a quel punto il dolore avrebbe fatto il suo corso. Un dolore straordinario ma circoscritto e mitigato dalla memoria dell'infinita serie di porcate perpetrate da Enzo e Ivana nell'arco degli ultimi mesi. Solo che adesso Franco ha bisogno della madre, senza di lei non potrebbe cavarsela a gestire il bambino.

Tra le due case intercorrono solo poche centinaia di metri, che Franco attraversa rapidamente, senza incontrare nessuno. Ha le chiavi, apre il portone e sale. Alla porta di casa prima suona, per non spaventarla, ma poi usa la chiave ed entra:

– Mamà, sono io. Franco.

Si ferma in soggiorno, cercando di tenere tranquillo Calò. Dopo pochi secondi, Mela arriva in camicia da notte.

– Franco, e che ci fai con Calò? Ch'è successo?

– Una disgrazia...

– Che disgrazia? Enzo?

– Una disgrazia...

Franco si rende conto di avere ancora il punteruolo insanguinato che fuoriesce dai pantaloni. C'è anche una gran macchia che scurisce di rosso i jeans. Spera che la madre non se ne accorga, e del resto lei è stravolta.

– Ho fatto una cazzata.

– Enzo...?

Franco fa cenno di sì con la testa.

– Ma come?

Mela domanda ma lei stessa non è sicura di voler sapere, per cui prosegue:

– ... E Ivana?

– Pure.

– Ossignore!

Mela si copre il viso e scoppia a piangere. Le lacrime sono uno sfogo ma anche una forma di protezione. Forse istintivamente decide di chiudersi nel pianto. Non vuole sapere altro, almeno per il momento.

Franco la lascia sfogare, sollevato dal fatto di non dover dare spiegazioni o fornire dettagli. Per alcuni minuti si sentono solo i singhiozzi della madre, soffocati dalle mani sulla bocca. Poi però ci sono questioni urgenti da risolvere.

– Diciamo che Calò ha dormito qua.

La madre fa cenno di sì senza smettere di piangere.

– Mi raccomando... Tanto dorme qua un giorno sì e uno pure. Negli ultimi giorni ha dormito qua, giusto?

Mela è troppo affranta per lasciarsi coinvolgere dai risvolti pratici del momento. Franco continua:

– Sono passati a prenderlo ieri sera dopo che sono uscito? Li ha visti nessuno?

– Non credo... Franco, pensaci tu. Io non voglio sapere niente.

Per un attimo lui è tentato di raccontare, spiegare, giustificare, ragionare su quanto è successo. Ma per istinto rimane zitto: non c'è bisogno di sviscerare la verità, nessun dettaglio che aggiunga dolore al dolore. Bisogna solo guardare avanti.

– Non ti preoccupare, mamà. Ci penso io.

– E Calò?

– A Calò ci pensiamo noi.

Innanzi tutto, agli occhi dell'opinione pubblica l'omicidio di due tossici, per quanto cruento, è un omicidio minore. Certo, c'è l'aggravante della ferocia, lo scalpore che per un paio di giorni fa la notizia sui giornali. Ma in definitiva, sempre due tossici restano, anche da morti. Con tutta la refurtiva trovata in casa, le indagini della polizia durano poco, e fin da subito si orientano verso l'ipotesi di una vendetta. Chissà dove avevano rubato, chissà a chi avevano magari inavvertitamente dato fastidio.

L'attenzione pubblica si sofferma un po' di più sulla figura di Ivana, che sui quotidiani viene raccontata come la ragazza che coltivava il sogno di potere un giorno fare l'estetista e aveva rotto i rapporti con l'umile ma dignitosa famiglia di provenienza. A causare la rottura era stato il legame con Enzo che, sempre secondo i giornali, era quello che l'aveva iniziata alla droga e alla delinquenza. Spunta anche un'intervista alla sorella di lei, il ritratto struggente di una ragazza semplice e buona, che veramente alla famiglia Montana non risulta.

Franco ha una percezione diversa dei fatti e delle responsabilità, ma non si trova nelle condizioni di sollevare questioni del genere. La vita quotidiana ha richiesto molta applicazione, nei giorni successivi. C'è stato da organizzare il funerale e l'intero teatro del lutto. Mela è ovviamente in prima linea su questo fronte, e a Franco viene riservato il ruolo di chi si muove nelle retrovie per spianare la strada verso una normalizzazione esistenziale che prima o poi è destinata ad arrivare. Al funerale la star del dolore è stata lei, in modo che lui potesse intanto occuparsi di pettinare la realtà, mettendo in piega le esigenze di famiglia.

Ferme restando le radicate convinzioni della polizia a proposito del movente, il colpevole non viene individuato. Esiste una teoria secondo cui se il colpevole di un delitto non viene scoperto subito, il passare dei giorni e delle settimane non fa altro che allontanare la soluzione del caso. Non si sa quanto la teoria risulti scientificamente fondata, ma di sicuro lo è da un punto di vista psicologico: confortati da questa tesi, gli investigatori si adagiano con fatalismo sulla mancanza di risultati immediati. Siccome più passa il tempo meno speranze ci sono, man mano che passa il tempo diminuisce la convinzione che si mette nell'indagine. Specialmente quando le vittime non possiedono nessun appeal, come nel caso in questione.

A quanto pare Enzo e Ivana avevano rubato dappertutto, a chiunque, qualsiasi cosa. Un inventario della refurtiva viene fatto, ma risulta carente: resta fuori tutto quel che i due erano riusciti a piazzare in giro prima di essere fatti fuori. Il che rende impossibile la tracciabilità del bottino e una mappatura dei furti. L'incompletezza di questo inventario è un altro alibi per lasciare che l'indagine finisca su un binario morto.

In definitiva, grattata la pietà soprattutto nei confronti della ragazza, al Borgo la gente elabora l'episodio nell'arco di una settimana. Enzo era un figlio del quartiere, ma figlio degenere. La sua morte e quella di Ivana vengono liquidate con la sbrigativa formula: In Fondo Se Lo Sono Meritato.

Franco però continua a non essere sereno. Oltre alla madre – che sa anche quel che non vuol sapere, e comunque non lo tradirebbe mai – c'è anche il signor Pino che sa. Al funerale è venuto a portare le condoglianze sue e dell'intero quartiere che rappresenta. Abbracciandolo gli ha sussurrato:

– Fra qualche giorno, con calma, vienimi a trovare che parliamo.

La cosa ha inquietato Franco, che per un po' ha potuto rinviare l'incontro, preso com'era dalle mille esigenze susseguenti alla morte del fratello. Ma poi ha cominciato a rinviare e basta, pur sapendo che un invito del signor Pino non si può rinviare troppo.

Difatti, una mattina, alla bancarella si presenta il figlio del signor Pino:

– Non ci sei venuto a trovare più...

– Eh... non sai quante seccature... e mia madre, e il figlio di mio fratello...

– Ma ora puoi venire.

– Ora sto lavorando, ci sono i clienti.

A quell'ora i clienti non mancano mai, ma in effetti, da quando il figlio del signor Pino è arrivato, i clienti si sono tenuti alla larga.

– Se qua lasci cinque minuti non succede niente. Nessuno tocca niente.

Franco deve arrendersi all'evidenza e al silenzio carico di aspettative del suo interlocutore. Vanno assieme. Quando ci si presenta assieme al figlio, il signor Pino, eccezionalmente, concede di saltare la coda dei clienti. Appena li vede arrivare, pronuncia la formula:

– Andiamoci a fumare una sigaretta.

Si piazzano ancora fuori dal negozio, una situazione che fra loro si è già verificata pochi giorni prima. Impossibile non pensarci e mettere in relazione le due conversazioni. Lo sanno tutti e due, così come conoscono l'argomento di cui devono parlare.

– Franco, come stai?

– Eh...

– Io lo capisco, come stai. Ma devi scuoterti. Hai fatto quello che dovevi fare.

– ...

– Oramai devi prendere in mano la tua vita. Hai cominciato come hai cominciato, e adesso sei pronto.

– ...

– Io mi aspetto che la prossima volta vieni a casa da me, non qua al negozio. Al negozio vengono gli estranei. Tu sei uno che ha sofferto, ma che ha affrontato la prova con coraggio. E le persone di coraggio vanno aiutate... Tu ormai per me sei uno di famiglia.

Questa cosa della famiglia il signor Pino la dice come una cosa affettuosa, ma a Franco mette agitazione, tutto quest'affetto.

– Mamà, io non ci posso rimanere qua. Che ci sto a fare, oramai?

Mela ha questo modo di sfogare gli stati d'apprensione: si tormenta le mani, torcendo le dita come se volesse strapparsele o piegarle fino a che si spezzino. Sta realizzando che dopo aver perso un figlio, sta per perderne un altro. In maniera meno cruenta, forse non per sempre: ma lo sta perdendo.

– Perché tutta 'sta fretta? Fai passare un poco di tempo, e le cose si sistemano.

– Non si sistemano, mamà. E anche se si sistemano, da un momento all'altro qua mi possono fottere senza preavviso.

– Ma perché dici così? Per il signor Pino? Il signor Pino ci ha sempre rispettati. Se vuoi ci parlo io...

– Non è solo il signor Pino, è tutta la situazione che non mi piace, qua.

– E il lavoro?

– Il lavoro che? La bancarella? Quanto tempo è che abbiamo chiesto la licenza? Cinque anni? E ne hai avuto notizie, tu? Al comune ci sono andato la settimana scorsa, mi hanno detto di tornare fra un mese. E da quanto va avanti, 'sta situazione? Qua tutto è difficile, troppo precario. Pure le cose che oggi ci sono, domani non ci sono più. Poi dopo che è morto Enzo...

La madre ha un piccolo singhiozzo.

– ... mi sento bruciare la terra sotto i piedi. Non me la sento di vivere così.

– E io?

– Tu puoi venire con me.

– Alla mia età? Ma come devo fare?

– Anzi: così mi aiuti a sistemarmi.

– E il bambino? Non ci pensi a Calò?

– Il bambino ce lo portiamo. Proprio per Calò, ce ne dobbiamo scappare. Che lo vuoi fare crescere, qua?

Mela non si sente di dargli torto in punto di fatto. Le prospettive di Calò anche per lei passano prima di ogni altra considerazione. Ma le difficoltà sono tante.

– Ma come te ne vuoi andare? Così? Da un giorno all'altro?

– Ci ho pensato. Il bambino ormai in pratica è affidato a noi. Facciamo le carte...

– Che carte?

– Le carte dell'affidamento. Tu sei la nonna, io sono lo zio: a chi lo devono affidare? Aspettiamo che arrivano le carte, facciamo il passaporto e ce ne andiamo.

– Non lo so, non lo so...

Franco cammina da un capo all'altro della cucina, Mela rimane seduta al tavolo, e quando parla cerca di seguire con lo sguardo il figlio che le scappa da tutte le parti. Le parole e i passi del figlio la avvolgono sempre di più, lasciandole margini di obiezione sempre più stretti.

– Che cosa ci restiamo a fare, qua? Non abbiamo niente.

– La casa!

– La vendiamo.

– La vendiamo? Questa casa? La casa che ti comprò tuo padre?

– Lui l'ha comprata e noi ce la vendiamo. Amen. Ci servono, i soldi.

– A che ci servono? Che ci devi fare?

– Nel posto dove andiamo ci servono.

– Ma perché, l'hai deciso dove vuoi andare?

– L'ho deciso. È un pezzo che l'ho deciso.

– ...

– In Spagna.

In Spagna, a Murcia, lavora un grossista di frutta che viene proprio dal Borgo.

Per arrivare a lui, Franco fa tutto un giro: la madre gliene aveva parlato astrattamente una volta, come cosa riferita, poi il grossista da cui si serve abitualmente l'ha messo in contatto, lui gli ha scritto e poi gli ha telefonato, perché a voce ci si capisce meglio.

Il grossista emigrato si chiama Angelo, signor Angelo. Pare simpatico. Gli dice di venire a Murcia per qualche giorno a dare un'occhiata, in modo da rendersi conto personalmente. In ogni caso, garantisce che gli spazi ci sono, se uno ha voglia di lavorare.

– Tu voglia di lavorare ne hai?

– E come no?

Il signor Angelo garantisce che darà una mano per la fase di assestamento, consentendo a Franco di lavorare con lui. In prospettiva, si vedrà. Di certo le licenze da fruttivendolo sono molto più facili da ottenere, in Spagna. Quanto alla proposta di fare un sopralluogo, Franco declina: ha fretta, non si ritrova il tempo e nemmeno le risorse per andare fin laggiù. E poi, per tutta una serie di motivi che non sta a spiegare, se le cose si possono fare, tanto vale farle subito.

Gli ultimi a Palermo sono giorni convulsi, con tutte le pratiche di affidamento da ultimare, la casa da mettere in vendita, più tanto altro. Franco fa un elenco scritto di cose da fare, e va cancellando man mano quelle che riesce, da *biglietti* a *passaporti* a *bancarella*. L'avviamento della bancarella viene ceduto a un giovane intraprendente del quartiere, individuato grazie alla mediazione del signor Pino. In cambio il giovane gli verserà una piccola somma ogni mese, per due anni. Siccome la bancarella è abusiva e l'avviamento tutto da dimostrare, Franco non ha garanzie che poi quello i versamenti li faccia sul serio, ma non ha alternative e deve fidarsi. Così come deve fidarsi del mediatore cui affida la vendita della casa di famiglia, delegando il più possibile, raccomandandosi di tenerlo informato, e votandosi per il resto al buon cuore di Gesù, che non lo freghino.

Alla vigilia della partenza gli restano diversi punti della lista ancora inevasi, fra cui passare dal signor Pino e salutarlo. Fra i punti da sbrigare è quello che lo ha maggiormente tenuto sulle spine negli ultimi giorni. Sente il dovere, ma teme certi possibili risvolti. Alla fine si è convinto sia meglio evitare spiegazioni dettagliate: con tutti e col signor Pino in particolare. Allora cancella pure il punto *salutare gli amici*, sulla base di un semplice interrogativo:

– (Quali amici?).

Né c'è più tempo per mangiare un *panino con milza* alla Cala, ultimo punto della lista, piazzato lì come commiato definitivo: una delle cose che gli mancheranno della sua città.

L'ultima notte Franco la trascorre in bianco, a fissare il soffitto, ugualmente spaventato dal passato e dal futuro. Si addormenta cinque minuti prima che suoni la sveglia e deve prepararsi in fretta, trascinandosi dietro Calò e anche la madre, che quando si tratta di viaggi perde la sua efficienza naturale e si trasforma in un bagaglio da trasportare in più.

Scendono le scale di fretta perché il taxi già aspetta da qualche minuto. Sotto c'è un piccolo capannello di maschi del quartiere che chiacchierano. Quando li vedono prendere il taxi si zittiscono e osservano la scena. In teoria nessuno dovrebbe sapere niente del trasferimento. Ma Franco sa che tutti sanno, magari si sono dati appuntamento apposta lì sotto e a quell'ora del mattino per vederli andare via e far capire che le cose comunque si vengono a sapere. In ogni caso, la quantità di bagagli che i Montana si trascinano dietro lascia capire che si tratta almeno di un lungo viaggio. Le cose indispensabili sono strette in tre valigie, da scendere in due tempi, mentre Mela e Calò aspettano in macchina.

Fra gli astanti c'è anche il figlio del signor Pino, l'unico che commenta a voce alta:

– Che fa' Franco: stai partendo?

Franco risponde senza guardare, finendo di sistemare l'ultima valigia sul sedile di dietro:

– Partiamo.

Dopo essere montato sul sedile del passeggero sbatte lo sportello più forte di quanto vorrebbe.

Sbarcati dall'aereo, recuperate le valigie e un carrello su cui piazzarle, escono dalla zona riservata e individuano subito il signor Angelo dal foglio di carta che tiene fra le mani. Sopra c'è scritto in stampatello:

MONTANA.

Appena li individua, il signor Angelo sorride, volta il foglio e mostra l'altro lato, dove c'è scritto:

BENVENUTI.

A Murcia, specie all'inizio si sentono spaesati. Ovvio. Ma il signor Angelo si mette a disposizione come mai nessuno ha fatto, a Palermo. Fra paesani all'estero scatta una solidarietà che in patria resta sconosciuta. Trova loro una sistemazione provvisoria, e poi un appartamento piccolo ma ad affitto calmierato, dove si piazzano stabilmente tutti e tre: Franco, Mela e Calò, che nel frattempo ha cominciato a parlare. Dice cose insensate, ma praticamente parla.

In capo a sei mesi Franco si esprime in uno spagnolo gestuale sufficiente a svolgere il ruolo di aiuto del signor Angelo, con cui quasi subito ha modo di capirsi meglio di quanto aveva consentito la comunicazione a distanza. La prima volta che si trovano da soli, è il signor Angelo a prendere l'argomento:

– Io non ti conosco, ma mi hanno parlato bene di te.

– La ringrazio, e ringrazio pure quelli, anche se non so chi sono.

– Gente che ti vuole bene.

– Ma chi?

– Gente che ti vuole bene. Mi dicono che tu sei la persona giusta...

– Io ci conto. Grazie. Ma per che cosa?

– Per lavorare qua con me. E prendere il mio posto.

Franco ci contava, ma non osava sperarci. Era pronto a soluzioni molto più umili e precarie. Apre la bocca per reiterare i ringraziamenti, ma il signor Angelo lo ferma con un gesto della mano. Non ha finito:

– Io sono vecchio...

– Ma che dice, signor Angelo...

Altro gesto della mano:

– ... E voglio tirare i remi in barca. Sono stanco. Mi serve una persona di cui posso fidarmi. E sei spuntato tu.

Dopo due giorni è già al lavoro dal signor Angelo, che gli fa saltare tutto l'apprendistato. D'altronde Franco conosce già il settore. Deve solo impratichirsi delle consuetudini spagnole, cosa che fa con umiltà e intraprendenza. Col passare dei giorni, gli spazi che gli vengono concessi sono sempre più ampi. Viene mandato a parlare con i clienti piccoli, poi con quelli medi, e infine con quelli grossi. Quando legge negli occhi di Franco un'insicurezza, il signor Angelo lo incoraggia:

– Qua il più intelligente è un cretino. Vai tranquillo: te la possono sucare.

Sentendosi responsabilizzato, Franco va e torna sempre con un successo in tasca, che deposita idealmente sulla scrivania dalla quale il signor Angelo dirige la baracca.

Accordi, prezzi, alleanze, desistenze: Franco è un fedele esecutore degli ordini ricevuti. Prende poche iniziative personali, tutte quando è ben sicuro della loro riuscita. E il signor Angelo apprezza: ogni gradino in più nella scala della sua fiducia è un passo verso la realizzazione del disegno che lui stesso non osava immaginare, ma che lo stesso signor Angelo ormai conforta apertamente: subentrare.

Con i mesi diventa il plenipotenziario del signor Angelo. I clienti hanno imparato a fare riferimento a lui, sebbene il signor Angelo mantenga la piena titolarità dell'esercizio.

Quelle rare volte che il signor Angelo viene al capannone dove ha sede la ditta, Franco molla tutto e lo porta in visita come un capo di stato estero, mostrandogli le eventuali novità e presentandogli i lavoranti che ancora non conosce: anche sulle assunzioni a tempo determinato Franco ha avuto, col tempo, mano libera. C'è stato solo bisogno, una volta, di inquadrare il problema. Il signor Angelo ha spiegato che è meglio usare gente del posto:

– Già noi siamo stranieri, perlomeno i picciotti meglio che sono di qua. Sennò pare male... Pare che noialtri, siccome siamo di dove siamo, facciamo lavorare solo quelli come noi. Invece dobbiamo dare l'impressione di essere pure noialtri di qua. In un certo senso ce lo dobbiamo scordare, da dove veniamo.

Franco capisce. Anzi: condivide. E apprezza ancora di più la fiducia che gli ha accordato il signor Angelo chiamandolo a lavorare da lui, unico altro siciliano di cui si fidi. Anzi: unico altro, di cui si fidi.

Certe volte Franco si chiede cosa ha fatto per meritarsi la fortuna di lasciarsi alle spalle la vita precedente e farsene una nuova, molto migliore. Non perde occasione di mostrare la sua gratitudine, e una volta affronta il problema apertamente:

– Signor Angelo, me la dice una cosa?

– Tutto quello che vuoi.

– Ma lei, che ha lasciato la Sicilia da tanto tempo, e non ci torna mai, e ormai è più spagnolo degli spagnoli... com'è che s'è convinto di pigliarsi proprio a me, che manco mi conosceva?

– Eeehhh...

Il signor Angelo emette questo verso, che significa sia:

– (È una storia lunga).

Sia:

– (Vuoi sapere troppo).

Ma Franco insiste:

– Lo so che sono fatti suoi, ma siccome sono pure fatti miei, voglio capire. Che ho fatto io per meritarmi questa fortuna?

– Te la sei meritata, non ti basta questo?

– Mi basta, in un certo senso. Ma in un altro senso non mi basta.

– Te lo devi fare bastare. Accontentati di sapere che mi hanno parlato bene di te.

Calò che impara a gattonare.

Franco che s'iscrive a un corso serale di spagnolo.

Mela che si rifiuta di iscriversi al corso serale di spagnolo.

Calò che impara a pronunciare grossomodo la parola *queso*, formaggio.

Franco che intanto riesce meglio a farsi capire a gesti.

Mela che coi vicini non riesce a farsi capire nemmeno a gesti.

Calò che assaggia per la prima volta il formaggio.

Franco che compra un paio di pantaloni a vita bassa e gambe a sigaretta, scoprendo che gli fanno il culone.

Mela che litiga per la prima volta con una vicina, cominciando a gesti e finendo in dialetto siciliano, e pazienza se quella non capisce.

Calò che gattona sempre più veloce, guadagnandosi il nomignolo di Schumacher.

Franco che impara a conoscere le impreviste variazioni di un ortaggio che fino ad allora aveva considerato banale: la patata.

Mela che al mercato vince la sua prevenzione nei confronti del prosciutto spagnolo.

Calò che assaggia il prosciutto e gli piace moltissimo.

Franco che non pensava che a Murcia d'estate facesse questo caldo.

Mela che nemmeno lei poteva immaginare quanto caldo potesse fare.

Calò che cerca di afferrare le bolle di sapone.

Franco che impara alcune parole spagnole che gli sembrano spiritose: *butifarra*, *también*, *entonces*, *sin embargo*.

Mela che ne impara una spiritosissima: *peluqueria*.

Calò che prova a rizzarsi sulle gambe con l'aiuto di un girello.

Franco che elegge suo locale di riferimento un piccolo bar frequentato da operai, esattamente a metà strada fra casa e lavoro.

Mela che elegge suo locale di riferimento la *peluqueria* di Ines, non lontano da casa.

Calò che impara la sua prima parola di spagnolo, *cabeza*, dopo aver sbattuto la testa sulla gamba del tavolo della cucina, sperimentando di camminare.

Franco che al bar impara a ordinare una *clarita* e la elegge sua bevanda estiva preferita.

Mela che si fa fare da Ines un taglio corto e moderno oltre quel che avrebbe osato. Ma sono gli inconvenienti del doversi spiegare a gesti.

Calò che quando lei torna a casa non la riconosce e si mette a piangere.

Franco che le dice: Tanto poi ricrescono.

Mela che risponde: Ma quando ricrescono?

Calò che riesce a fare da solo tre passi consecutivi: dalle braccia della nonna a quelle di Franco.

La domenica si vedono a casa del signor Angelo e mangiano tutti assieme: lui, Franco, Mela e Calò, che ormai non vuole più stare nel seggiolone, convinto che sia un posto per bambini troppo piccoli. Allora Franco lo prende sulle ginocchia e lo fa giocare con le posate, che Calò getta sul tavolo con tutta la forza che ha, rischiando di rompere piatti e bicchieri, facendoli tintinnare pericolosamente.

– Calò! Monello! Non si fa!

Anche se è molto preso dal lavoro, Franco è bravo col bambino. Tutto il tempo che può lo trascorre con lui, giocando e insegnandogli a parlare. Presto Calò andrà in un asilo nido dove gli parleranno spagnolo tutto il tempo, e sia lui sia la nonna ci tengono a fargli parlare l'italiano. In casa il bambino è sottoposto a un bombardamento linguistico intensivo, con la nonna che gli parla per tutto il tempo raccontandogli vecchie tribolazioni di famiglia, che spesso hanno come protagonista Franco, nel ruolo del padre eroico difensore dei deboli e correttore d'ingiustizie. Storie che certe volte riportano un'eco delle vicende più recenti:

– E tuo padre che poteva fare, mischino? Pigliò e gli dette un fracco di legnate, a lui e pure a lei...

Tutte storie che Calò ascolta voluttuosamente: fermo restando che non ne capisce niente.

Mela lo gestisce per tutta la settimana, lo porta ai giardini, ci gioca, lo fa mangiare, lo mette a letto. La domenica poi lo cede volentieri al figlio. E anche il signor Angelo, di tanto in tanto, lo prende in braccio e lo vezzeggia. Nei giorni di festa se lo rimpallano i due maschi, intanto che Mela va in cucina per tirare fuori dal forno gli anelletti: ha trovato un supermercato dove vendono quel raro tipo di pasta, e da allora gli anelletti al forno sono diventati la pietanza di ogni domenica, a gentile richiesta di entrambi i commensali maschi.

L'arrivo della teglia in tavola è una festa, con porzioni generose e reiterate per tutti. Mela dice:

– Prendete, prendete... Non c'è altro. Piatto unico. Qui c'è tutto, pasta, carne, melanzane, piselli, uova... tutto.

Non c'è bisogno di insistere, perché i due fanno abbondante onore al piatto. A un certo punto il signor Angelo ne prende una forchettata e la propone a Calò. Il bambino guarda la nonna per un rapido consulto e decide di fidarsi. Pochi istanti di degustazione per capire se incontra il suo gusto, e alla fine: sorrisone, gli piace.

– Bravo Calò!

– Bravo Calò!

– Si vede che è siciliano! Ci piacciono l'anelletti!

– Ci manca solo un bicchiere di vino!

Gran risate generali, battimani, e da quel momento il bambino è da considerarsi svezzato in tutto e per tutto.

Per esprimere la sua soddisfazione Calò adopera uno dei suoi bisillabi preferiti:

– Bobò.

Che attiene alla sfera del bello e, come in questo caso, del buono. Al concetto di Bobò si contrappone il suo opposto: Bubù, che sta a indicare tutto ciò che è brutto e cattivo. La cacca, per esempio, è Bubù per definizione, come ha stabilito per decreto nonna Mela una volta per tutte, per evitare che, intinto un dito, il bambino assaggiasse pure quella.

Questa predilezione di Calò per i bisillabi è diventato uno scherzo familiare reiterato. Ogni cosa è Bobò o Bubù, il mondo intero è riconducibile ai concetti contrapposti di Bobò e Bubù. Poi ci sono altri bisillabi centrali, nella sua vita. Per esempio Nanà, che è Mela, la nonna.

Con queste premesse, prima o poi bisognava aspettarselo, allora. Eppure lo stesso, quando a tavola Calò, fra una forchettata e l'altra di anelletti, lo dice per la prima volta, c'è un attimo di imbarazzo che corre sugli sguardi fra Franco e Mela, talmente tangibile da sfiorare anche il signor Angelo. A un certo punto Calò punta il dito verso Franco come se non volesse creare equivoci, e scandisce:

– Papà!

Franco che si aggrega a una squadra di calcetto, il giovedì sera.

Mela che il giovedì sera intrattiene Calò.

Calò che con la nonna si annoia.

Franco che nella squadra viene chiamato *el extranjero*; ma in senso buono, però.

Mela che prova a chiedere a Calò se per caso ha fame e propone di fargli un po' di pastina col formaggino.

Calò che piagnucola perché ha sonno e smania per non cedere al sonno.

Franco che torna sudato dalla partitella e trova il bambino ancora sveglio.

Mela che si lamenta di quanto il bambino sia disobbediente.

Calò che comincia a tirare fuori la roba sporca dalla borsa da calcio del padre.

Franco che accende il televisore e piazza il bambino davanti a una trasmissione qualsiasi.

Mela che sostiene non sia questo il modo.

Calò che trova la concentrazione davanti allo schermo.

Franco che va a fare la doccia.

Mela che riordina la cucina.

Calò che in capo a cinque minuti già dorme.
Franco che, tornando in accappatoio, dice alla madre: così devi fare.
Mela che disapprova in silenzio.
Calò che viene trasportato in braccio nella sua stanza.
Franco che dopo avergli rimboccato le coperte torna in soggiorno.
Mela che nel frattempo si è addormentata pure lei davanti al televisore.
Franco che abbassa il volume per non svegliarla.
Calò che dorme di là.
Mela che dorme sulla poltrona.
Franco che si mette a guardare la televisione e nel giro di cinque minuti dorme pure lui.

Ora Calò ha sei anni. Va a scuola con diligenza, è perfettamente integrato coi compagni, che non distinguono le sue origini e lo considerano spagnolo in tutto e per tutto, fatto salvo il suo inspiegabile nome di battesimo.

Franco ha l'abitudine di accompagnare Calò a scuola. È diventata una forma di complicità cui entrambi tengono. Quando per un motivo o per un altro lui non può ed è la nonna a doverlo accompagnare, Calò fa un po' di capricci, non si schioda dal letto, perde tempo. Con Franco, invece, il bambino si sente responsabilizzato perché sa che lui viene apposta dal lavoro, e non può perdere tempo. È gratificato e risponde cercando di meritarsi il privilegio di andare a scuola con papà.

Non hanno mai trovato l'occasione per parlare sul serio di questo titolo onorifico che il bambino gli ha unilateralmente attribuito. A Franco fa piacere, ma è chiaro che ci sono dei problemi. Si ripromette, un giorno o l'altro, di spiegare a Calò come stanno le cose. Non proprio tutte le cose, ma insomma quelle che a una certa età è giusto che sappia. Ma ancora è troppo piccolo, non capirebbe. Durante il tragitto verso la scuola è tutto un:

– Papà... papà...

I primi tempi sentirlo pronunciare questa parola provocava a Franco un piccolo brivido, pensava di non meritarlo. Ma col tempo il brivido è diventato un piacere reiterato e consolidato, che contribuisce a rasserenarlo.

– Papà, sabato a che ora finisci di lavorare?

– Papà, stasera giochiamo a battaglia navale?

– Papà, quando ci torniamo in campeggio?

Calò vuole sempre programmare qualcosa assieme a lui, e questo fa sentire a Franco di avere un ruolo nella vita. Calò lo adora e lui adora Calò.

Solo di rado ormai viene sfiorato dal pensiero di Enzo, di Ivana, e tutto quel che ne discende. Lo considera qualcosa che andava fatto, per il bene di tutti, anche per il bene di Calò. Soprattutto, per il bene di Calò. E comunque sono passati un sacco di anni, ormai a quella storia nessuno ci pensa più.

Sono arrivati a scuola. Calò lo saluta dandogli un bacio molto umido, con lo schiocco. Anche questa è una loro tradizione privata. Ogni giorno lo schiocco deve essere più forte e salivoso. Franco finge di valutarne la consistenza ed esprime un giudizio scherzoso:

– Non male...

– Che dici, non male? Era salivosissimo.

Pronunciate dal bambino, tutte quelle esse fanno molta tenerezza.

– Lo schiocco poteva essere più forte, ma per stavolta può andare. Adesso vai che la maestra ti sta aspettando.

Franco lo guarda avviarsi verso il cancello e lascia che la saliva di Calò gli si asciughi naturalmente sulla guancia. Prima di scomparire dietro al portone Calò si volta per salutare un'ultima volta. Anche quella è una loro forma di complicità: Calò verifica che il papà sia ancora lì e lui lo rassicura, incassando pure quell'ulteriore forma di attaccamento. Franco risponde al saluto con un gesto della mano, e in quel momento, alle sue spalle, una voce femminile dice in spagnolo:

– Quanto siete carini...

Franco si volta. È una giovane donna coi capelli lunghi neri. Una giovane donna molto bella, secondo lui.

– Vi vedo ogni giorno. Ogni giorno scherzate in un modo... molto affettuoso.

Franco vorrebbe risponderle, ma non sa cosa dire. Si vergogna anche un po' di essere stato scoperto nella sua intimità familiare. Ma la ragazza non sembra aver bisogno della sua collaborazione per mettere assieme una conversazione:

– Siete una delizia. Magari mio cognato fosse così con suo figlio...

Evidentemente la ragazza si rende conto di aver tralasciato qualche informazione, quindi torna un po' indietro nella confidenza.

– Vengo ogni giorno ad accompagnare mio nipote, il figlio di mia sorella.

Franco incassa quest'altra notizia: non figlio di lei, quindi. Ma ancora non spiccica parola. Il suo silenzio sembra mettere alla prova anche la parlantina della ragazza, la quale però si rende conto che manca ancora una notizia importante, al quadro generale.

– ... Ah: mi chiamo Heléna.

Con l'accento sbagliato, pensa Franco. Ma poi trova finalmente una cosa intelligente da dire:

– Piacere, Franco Montana.

Non solo non ha figli, Helena: ma nemmeno marito, nemmeno fidanzato. E non è spagnola: ungherese. Franco doveva capirlo subito dal suo spagnolo leggermente gutturale, anche se fluido. È venuta in Spagna tre anni fa, come ragazza alla pari.

Queste non molte informazioni Franco le apprende un po' alla volta, nell'arco di una decina di giorni, durante i quali lui ed Helena si vedono regolarmente davanti la scuola, scambiandosi ogni giorno qualche notizia in più.

Il secondo giorno Franco specifica di essere siciliano, di Palermo. Helena incassa senza commentare. Lui sa cosa sta pensando, ma apprezza il fatto che lei non senta il bisogno di verbalizzare ogni pensiero. Parla molto, Helena, dice un sacco di cose. Ma non tutto quello che le passa per la testa.

Il terzo giorno fanno un pezzetto di cammino assieme, pochi metri non programmati. Poi Franco va per la sua strada. In teoria il suo tragitto sarebbe lo stesso di Helena, almeno ancora per un centinaio di metri, ma non vuole sembrare appiccicoso, per cui saluta stringendole la mano e si avvia su un'altra strada, allungando un po'.

Il quarto giorno Helena gli chiede che mestiere fa.

Il quinto giorno, non avendo avuto la prontezza di farlo subito, Franco ricambia:

– E tu cosa fai?

Helena vive sempre in casa della stessa famiglia spagnola che l'ha accolta; il bambino di cui si occupava è cresciuto, ma lei è rimasta come donna di servizio.

Il sesto giorno lei gli domanda di Palermo:

– Com'è?

Il settimo giorno lui chiede a sua volta:

– E l'Ungheria? Com'è l'Ungheria?

L'ottavo giorno Franco vorrebbe dirle almeno qualcosa sull'Ungheria, ma non possiede nessuna nozione, nemmeno un calciatore famoso, nemmeno un luogo comune. Helena pure non dice quasi niente. Franco torna a casa, sempre dalla strada più lunga, in preda allo sconforto: gli pare che il loro rapporto abbia subito una battuta d'arresto.

Nono giorno: no, nessuna battuta d'arresto, Helena è di nuovo sorridente e chiacchierina. Franco ne approfitta e azzarda assieme a lei un pezzo di strada in più.

– Ma non devi andare dall'altra parte?

– Allungo un po', ma mi fa piacere.

Il decimo giorno Helena dice:

– È presto.

Franco guarda l'orologio e concorda:

– Vero, ancora non sono nemmeno le otto e mezza.

– ...

– ...

– Franco...

Sentire il suo nome sulla bocca di lei gli provoca un soprassalto.

– Dimmi, Helena.

– Ho voglia di un caffè.

Franco capisce, s'illumina:

– Certo! C'è un bar qua vicino.

Il caffè lo prendono al bancone, per non bruciare le tappe. Ma già l'indomani il caffè delle otto e mezza è diventato un'abitudine. Dopo ancora un paio di giorni, lo prendono pure seduti al tavolino.

L'invito a uscire la sera è di qualche settimana dopo. Franco non ha dimestichezza con le regole del corteggiamento. Sente di muoversi maldestramente. Le sue esperienze precedenti sono state tutte di genere mercenario, e da un paio d'anni ha messo in sonno la sfera sessuale e sentimentale, gettandosi nel lavoro, che almeno gli garantisce qualche soddisfazione in più. Helena è arrivata a scompaginare i suoi progetti esistenziali, che prevedevano di concentrarsi affettivamente sulla famiglia, madre e Calò, rinunciando a tutto il resto.

Eccolo invece seduto al tavolo di un ristorante di pesce, nel centro di Murcia, a scambiarsi altre informazioni reciproche e grandi sorrisi, quando le parole vengono a mancare. Un po' alla volta ognuno sta ricostruendo il puzzle dell'altro, e ogni pezzo che va al suo posto è una piccola soddisfazione. C'è solo l'apprensione che qualche tassello si possa perdere, e alla fine il puzzle non riesca. Ma finora tutto combacia perfettamente.

Lei gli piace. Gli sembra naturale mettersi in relazione con Helena per come lei si pone nei confronti del mondo. Non che Franco abbia molti punti di riferimento, ma un pregio di Helena è di essere sempre ottimista. Le piace il suo lavoro, la famiglia che la ospita è gentilissima, la Spagna è accogliente, il clima forse un po' troppo caldo, ma solo d'estate.

Franco si sente accettato nella sua goffaggine, ha trovato una persona che si fa carico della conversazione quasi per intero, consentendogli di ascoltare e poco più. Lo sa prendere, lo asseconda, non forza mai. Lo accarezza sempre nel senso del pelo.

Mangiano in maniera discreta, sebbene nessuno dei due presti particolare attenzione al cibo. Ordinano la prima cosa che capita sotto gli occhi e la mangiano distrattamente, presi come sono dalle chiacchiere. Al momento di pagare Helena fa un timido tentativo di mettere mano al portafogli ma si lascia convincere che il ruolo del pagatore spetta all'uomo. Franco apprezza però lo sforzo: non è il tipo di ragazza che pensa che tutto le sia dovuto. L'imbarazzo sempre latente fra loro riemerge solo al momento dei saluti. Franco improvvisa:

– Ci vediamo domani?

– Domani è domenica. Niente scuola...

Helena lo dice come una piccola desolazione.

– Giusto.

– A lunedì, allora.

– A lunedì.

C'è una lunga pausa in cui probabilmente entrambi stanno pensando alla stessa cosa. Helena domanda:

– Domani hai programmi?

– Niente di particolare. Famiglia, figlio. Cose così. Tu?

Una cosa che Franco ha capito in questi giorni è che risulta gentile, quando si interessa a lui, almeno fingere di essere interessato a lei. A Helena oltretutto Franco è davvero interessato. Moltissimo interessato.

– Io niente, penso che starò a casa. Forse una passeggiata, di pomeriggio...

Altra pausa. Lui sa, sente di dover dire qualcosa. Ma non gli viene. Per quanto si sforzi, è bloccato.

– ...

Stavolta Helena è determinata a lasciare che il ruolo proponente sia del maschio. E se il maschio non si fa avanti, lei non si propone. Anzi, saluta:

– Va bene, io devo andare. A domani, allora.

È Franco stavolta a correggerla:

– A lunedì!

Ridono come due scemi, specialmente Franco.

Ovviamente, coi loro tempi, a un certo punto si sono baciati. Hanno fatto tutto quello che due innamorati moderni devono fare. Franco è stato molto imbarazzato la prima volta, poi sempre più sciolto. Il rapporto è andato avanti su tutti i fronti. L'unico dispiacere è di non aver trovato finora il modo di affrontare la questione di Calò. Vagamente, una volta, lui ha accennato a una ex moglie, specificando subito che non aveva voglia di parlarne. Ogni volta che si fa riferimento al bambino, Helena dice:

– Tuo figlio...

Questa è una spina, per lui. Avrebbe dovuto farlo prima, ma intanto è passato troppo tempo, la questione si è incistata. Non sa come fare a tornare sull'argomento e raccontare come stanno le cose senza sembrare uno che ha mentito fino ad allora. Con l'aggravante che più passa il tempo più diventa difficile parlarne.

Dopo aver fatto l'amore, poggiandogli la testa sul petto, Helena domanda:

– Com'è che avete deciso di trasferirvi in Spagna?

– Volevamo cambiare vita.

– Non ti piaceva quello che facevi in Sicilia?

– Non mi piaceva più. Poco lavoro, molta fatica. Là nessuno ti regala niente, anzi...

Franco non pensa sia il caso di entrare nei particolari. Ma Helena ha voglia di parlare:

– Raccontami.

– Cosa vuoi raccontato? Lo sai: avevamo questo negozio...

– Era grande il negozio?

– Medio.

– Continua.

Non c'è molto da raccontare, se non cose che Franco non ha voglia di raccontare.

– E i parenti? Come l'hanno presa?

– Non ne ho.

– Fratelli, sorelle, cugini, zii, nonni? Io ne ho un sacco. Solo mia madre ha quattro fratelli...

Helena è sul punto di partire per una tangente che per Franco significa salvezza. Quando lei racconta di sé, non si ferma più. Ma forse questo è il momento di interromperla e raccontare:

– Ho un fratello. Avevo.

Helena solleva la testa dal suo petto per guardarlo negli occhi.

– Un fratello. *Avevi* nel senso che...?

Franco tace.

– Che gli è successo?

– L'hanno trovato...

Helena si mette seduta sul letto.

– E come...?

Franco non sa se raccontarle una versione edulcorata, che prevede morte per malattia, o quella ufficiale, fatto salvo il coinvolgimento personale. Decide di essere quasi sincero:

– Lui e la moglie pure. Ammazzati.

Helena, che di solito ha una parola per ogni situazione, stenta a trovare qualcosa da dire. Franco capisce che è il momento di raccontare qualcosa in più.

– A casa loro, di notte, non si sa chi è stato. La polizia ha fatto un'indagine, ma non ha concluso niente.

– Ma un sospetto, qualcosa ce l'avete?

– Enzo era un... Aveva dei problemi.

– Che problemi?

– Cose pesanti, cose di droga. Da quando aveva conosciuto sua moglie non era più lui.

Le cose non stanno del tutto così, ma a questo punto tanto vale raccontarla come Franco vorrebbe che fosse andata:

– È stata lei che l'ha portato sulla mala strada. Lui era un debole e non si è saputo difendere.

– Ma quindi è stato qualche spacciatore, per qualche debito non pagato...

– Non si sa. Forse. Per questo me ne sono voluto andare da là. Per me, per mia madre e per suo figlio.

Helena ci mette qualche secondo a realizzare, ma comunque Franco a quel punto ha deciso di essere chiaro:

– Soprattutto per suo figlio.

– Suo figlio...

– Calò non è figlio mio: nipote. Scusa se non te l'ho detto prima.

Ora sì che Helena è senza parole.

Franco passa a prenderla da casa. Lei scende mettendoci poco più del tempo che ci mette di solito, ma l'occasione è importante. Indossa un tailleur color malva molto carino, con la gonna al ginocchio. Per prima cosa gli domanda:

– Come ti pare?

Nella domanda c'è tutto: come ti sembra il vestito, come ti sembro io, come ti sembra il vestito per la circostanza, come ti sembro io per la circostanza.

Franco risponde con una sintesi che comprende un po' ogni cosa, mettendo lei al centro di ogni cosa:

– Bellissima.

Si avviano. Helena ha scarpe a mezzo tacco, lei che di tacchi non ne adopera mai. Ma si muove con una certa abilità: se Franco non la conoscesse, potrebbe sembrare naturale. Va bene così.

Prima di arrivare lei impone una piccola deviazione per passare da un fioraio, dove trascorrono un quarto d'ora per scegliere cosa comprare. Una pianta? Un mazzo? E di che fiori? Alla fine, su suggerimento del fioraio, optano per un grande mazzo di gladioli del cui costo Franco si fa carico.

Ancora cento metri, ed eccoli arrivati sotto casa di lui. Salgono. Prima di aprire la porta, Franco le passa i fiori. Ovviamente ha le chiavi, ma oggi gli pare più gentile suonare il campanello.

Apre Mela, con Calò subito dietro, molto curioso. Helena sorride e le porge i fiori. Mela li prende.

– Accomodatevi.

Helena non conosce bene il carattere dei siciliani, ma ha l'impressione che il sorriso della signora poteva essere più cordiale.

In soggiorno spetta a Mela distribuire i ruoli. A Helena tocca un buon posto, sul divano, si siede prestando particolare attenzione alle gambe, che non prendano posizioni sconvenienti. Franco si piazza accanto a lei. Calò davanti a loro è palesemente molto contento di vedere una giovane donna in casa, accanto al padre. Mela non si siede. Anzi, prende congedo:

– Scusate, ma devo andare in cucina.

Helena vorrebbe subito alzarsi, abbandonando la postura dignitosa che ha appena assunto, ma Franco la ferma con uno sguardo. Quando ormai Mela è nell'altra stanza, grida:

– Mamà, dice Helena: hai bisogno di aiuto?

– Non c'è bisogno. È tutto pronto.

C'è un muto consulto fra Helena e Franco: lei incerta sul da farsi, lui rassicurante. Verrà il momento, ma non è questo. Helena allora si concentra su Calò, gli fa quel genere di domande che si fanno ai bambini:

– Quanti anni hai? Che classe fai? In che scuola vai?

Tutte cose che già sa. Un repertorio scontato che suona molto rassicurante alle orecchie di Franco.

Helena gli pare l'esatto opposto di quel che era Ivana con suo fratello. Tanto quella era scostante e sempre provocatoria, tanto Helena è placidamente prevedibile. Lui non chiede altro.

Calò risponde a tono a tutte le domande, non fa quei numeri che altri bambini farebbero in presenza di estranei per attirare l'attenzione su di sé. Franco è molto orgoglioso dell'immagine complessiva che la sua famiglia sta dando. E anche Helena: l'unica incognita è la madre.

Mela arriva in capo a qualche minuto, trasportando una pentola. Helena chiede:

– Cos'è?

– Pasta coi tenerumi. La conosci?

Helena non la può conoscere. Nessuno che non sia siciliano la conosce. È misteriosa anche la maniera con cui Mela si sia procurata i tenerumi fuori dalla Sicilia.

Il primo a essere servito è Franco. Poi Calò. Infine Helena. Mela rimane col piatto vuoto. Helena domanda:

– Lei non ne mangia?

– Quando cucino, non mangio.

Helena rivolge uno sguardo interlocutorio a Franco, che però tiene gli occhi sul piatto. Su di lui, in quel momento, c'è poco da fare affidamento. È così, in maniera istintiva, che Helena capisce un aspetto fondamentale: quella è una partita che devono giocarsi loro due da sole. Lei e la madre.

Seguono lunghi minuti di silenzio, interrotti solo da mugolii di apprezzamento per la pasta coi tenerumi. Mugolii che partono da Franco e che Helena riproduce identici, adeguandosi a quel che le pare un'usanza della casa.

– Mhhh...

– Mhhh...

I piatti si svuotano, si riempiono nuovamente, e solo quando Helena ne domanda una seconda porzione, Mela decide di rompere il suo mutismo:

– Quindi tu sei Helena.

La scelta di preparare la pasta coi tenerumi è stata molto meditata, da parte di Mela. L'aspetto della pietanza non è barocco e accattivante come spesso succede nella tradizione gastronomica siciliana. Anzi: dimesso, quasi pauperistico. Una brodaglia dove galleggiano pasta, pezzi di verdura e pomodoro. Molti, senza conoscerla, sottovalutano la pasta coi tenerumi, la considerano un piatto quasi ospedaliero. Helena invece dimostra di non lasciarsi impressionare dall'aspetto esteriore e saper apprezzare anche le cose semplici. Come semplice è la vita che Franco e la sua famiglia possono offrirle.

Senza sapere che si tratta di un test, quando Helena chiede di aver riempito il piatto per la terza volta, la diffidenza di Mela è dissolta. La discussione a tavola si scioglie, ostacolata solo dal misto di castigliano e italiano in cui si svolge, considerato pure che Mela resiste nell'idea di non sforzarsi a parlare la lingua del paese in cui ormai vive da anni. Il massimo che fa per venire incontro all'interlocutore è ripetere la parola chiave di ogni frase, scandendola:

– E quindi sei ungherese? Un-ghe-re-se.

Helena annuisce perché ha la bocca piena. Ma non importa, perché Mela ha un sacco di domande da fare:

– Da quanto sei qua? Quanto. Che cosa fai? Cosa. Quanti anni hai? Anni. La tua famiglia cosa fa? Famiglia.

Anche Calò ha da aggiungere una sua personale curiosità:

– Che significa ungherese?

Un po' alla volta Helena risponde a tutte le domande, spiazzata solo dal fatto che Franco, di solito così attento, in quel frangente si disinteressi della conversazione in corso. Ma anche a questo Helena si adatta senza sforzo apparente, rendendosi conto che in ogni caso non potrà conquistare il cuore del figlio senza attraversare prima quello della madre.

Finisce la cena. Calò già da un quarto d'ora sta pressando l'ospite perché lo segua, vuole mostrarle la sua stanza. Helena promette che verrà, ma prima:

– Dobbiamo aiutare la nonna a sparecchiare. Anzi, aiutami così facciamo prima e andiamo a vedere la tua camera.

Il bambino allora prende il suo piatto e lo porta in cucina.

C'è uno sguardo, a questo punto, fra Mela e il figlio.

Siccome quando c'è l'amore c'è tutto, Franco ed Helena corrono verso il matrimonio. L'approvazione da parte della madre di lui era un tappo che doveva saltare, e saltato il tappo non c'è più niente che possa trattenerli. Fissata la data, si tratta di conciliare le tradizioni di nozze siciliane, ungheresi e spagnole.

A fare da testimoni sono da parte di lui il signor Angelo e da parte di lei una sorella, in rappresentanza della piccola comunità ungherese arrivata a Murcia per festeggiare la sposa. In chiesa gli invitati dello sposo e quelli della sposa siedono ai lati opposti, con sorrisi di cortesia che transitano da destra a sinistra e viceversa, senza nessuna pretesa di comunicazione che vada oltre i sorrisi.

Il loro matrimonio è la contraddizione di tutti i luoghi comuni che ci si aspetterebbero da una circostanza del genere. La famiglia più numerosa – e chiassosa, ed estroversa – è quella di lei, alla faccia della provenienza mitteleuropea. La famiglia siciliana, al contrario, si presenta con un profilo discreto, anche numericamente ridotto all'essenziale: la madre dello sposo, il figlio, il signor Angelo e un paio di amici neanche troppo stretti, di origine siciliana, che abitano in zona. Più una rappresentanza di lavoranti presso la ditta del signor Angelo che, sebbene spagnoli, vengono assimilati al gruppo amici e parenti dello sposo. A tenere unite le due comunità è l'affetto per gli sposi, ma non si può dire che si crei una sintesi.

Un paio di ragazze ungheresi già prima della cerimonia in chiesa prendono in simpatia Calò, lo sollevano, lo vezzeggiano. A divertirle è anche il nome, che ripetono in continuazione ridendo:

– Calò! Calò!

Anche il bambino si diverte, sentendosi oggetto di attenzioni da parte di tutti.

C'è molta emozione, specie fra gli sposi. Helena ha qualche difficoltà a mettere l'anello al dito di Franco, e Franco, dopo il permesso del prete, bacia Helena su una guancia, mentre lei rimane con le labbra protese, convinta che ormai persino la Chiesa ammetta il bacio sulla bocca fra marito e moglie.

Dopo la cerimonia si vedono tutti nello stesso ristorante dove Franco ed Helena hanno mangiato assieme per la prima volta. Ci sono tavoli da otto persone che rispettano nella loro composizione l'appartenenza alle due comunità. Il che significa che, a parte quello degli sposi, ci sono sei tavoli da otto occupati da ungheresi e un tavolo con Mela, il signor Angelo, Calò e la rappresentanza siculo-spagnola. Questi ultimi anche fra loro hanno poco da dirsi, ma continuano a scoccare sorrisi, fra loro e all'indirizzo degli altri invitati.

A un certo punto il padre della sposa richiama l'attenzione generale facendo tintinnare il coltello su un bicchiere e solleva il calice di vino in direzione sia degli sposi che del tavolo siciliano, facendo un breve discorso nella sua lingua. Parte un applauso, tutti brindano. Mela domanda al signor Angelo:

– Che ha detto?

– Credo una cosa gentile.

– Gentile per chi? Per gli sposi?

– Per gli sposi e credo pure per noi. Certo, a fare in culo non ci ha mandato.

– Che facciamo, sorridiamo?

– E che dobbiamo fare? Per sicurezza, sorridiamo.

Sollevano i bicchieri anche loro, e brindano sulla fiducia.

Poi si balla. Gli ungheresi ballano. Maschi con femmine, femmine con femmine, maschi con maschi, bambini e adulti, ballano tutti. Un paio di giovani intraprendenti invitano a ballare sia Mela sia il signor Angelo, che rifiutano prima sorridendo, poi, di fronte all'insistenza, più drasticamente. Allora ripiegano sugli altri siculo-spagnoli, tutti maschi, che accettano, ballano per dieci minuti e poi tornano al loro posto, stremati dal caldo e dall'entusiasmo generale.

Da quel momento, il contributo alla festa da parte del loro tavolo consisterà nel battere le mani a ritmo, ove richiesto dal cantante/strumentista che anima il pomeriggio. E sorridere molto, specie quando questi, su suggerimento di qualcuno di parte ungherese, fa precedere un significativo silenzio e lancia un omaggio alla patria dello sposo: *L'Italiano*, di Toto Cutugno.

Sono passati pochi giorni dal matrimonio e Calò è ancora sotto l'ebbrezza delle nozze, che ai suoi occhi hanno consolidato un quadro familiare più rassicurante. Senza bisogno di troppi psicanalismi: Helena ha preso il posto lasciato vacante dalla madre. Era un buco nero che adesso per lui si è illuminato.

Ogni tanto, sempre con maggiore frequenza negli ultimi anni, Calò aveva provato ad affrontare la questione domandando in famiglia e ottenendo sempre risposte evasive. Franco, col passare del tempo, ha avuto sempre più difficoltà a eludere la curiosità del bambino, e adesso spera di poter mettere una pietra sopra il passato e rifiatare.

Per questo viene colto di sorpresa quando, un sabato pomeriggio della nuova vita con una nuova madre, mentre Helena è uscita e sono tutti e due davanti al televisore per vedere una partita, Calò approfitta di una pausa pubblicitaria, prende il telecomando e abbassa il volume:

– Mi racconti di mia madre?

Ogni volta che la questione veniva sollevata in passato, Franco aveva gioco facile. Bastava distrarlo, divagando o prendendo tempo. Magari funziona ancora, basta variare un po' la risposta:

– Che vuoi sapere? Come ci siamo conosciuti?

Calò intercetta il bluff e lo smaschera subito:

– Non mamma Helena. Mamma l'altra. La mamma vera.

Ahi. La richiesta è esplicita. Franco dovrà inventarsi qualcosa da dare in pasto alla curiosità del bambino. Va sul repertorio classico:

– La mamma è in cielo.

Già in passato questa è sempre stata la risposta ufficiale, quella che rende inutile ogni approfondimento. Ma oggi Calò richiede un supplemento d'indagine.

– E in questo momento mi vede?

– Sì che ti vede.

Il bambino alza gli occhi, ma poi torna al punto:

– E come c'è andata in cielo?

– Volando.

– Sì, ma a parte volando, come c'è andata a finire in cielo?

– Che intendi dire, Calò?

Franco spera che al bambino le parole vengano a mancare. Le parole o il coraggio di pronunciarle. Ma no:

– Come è morta.

– Eh, come...

– Come? Come...

– Una brutta malattia.

– Ma quando? Io non me la ricordo.

– Eri piccolo.

– Quanto piccolo? Appena sono nato?

– Non subito, un po' dopo che sei nato tu.

– E che malattia era?

– Una brutta malattia.

– Ho capito. Ma come si chiama questa brutta malattia?

– Calò, quante cose vuoi sapere? Per ora accontentati di questo, e poi ne parliamo. Dài, vediamoci ’sta partita.

Il bambino prende di nuovo il telecomando, spegne per dispetto e se ne va nella sua stanza. Franco sente il rumore della porta che sbatte come sbatte una porta quando qualcuno, sbattendola, vuole che si senta fin due stanze più in là.

Se Franco e Helena si sono sposati con tanto slancio c'entra l'amore, ma c'entra pure un'altra motivazione, che è poi quella per cui certi matrimoni si celebrano proprio con questo slancio. Dev'essere successo già la prima volta che hanno fatto l'amore, per motivi che ormai è inutile indagare. Bisogna guardare avanti, e del resto Franco ed Helena sono talmente presi l'uno dall'altra che l'arrivo di un figlio è stato metabolizzato rapidamente, e l'imprevista fertilità forse anche come un sintomo dell'innamoramento.

Ora si tratta di dirlo a Calò, che sta attraversando un momento di crescita particolarmente delicato. Per l'occasione viene indetto un apposito pranzo di famiglia a cura di Mela, che sovrintende alla preparazione delle polpette al sugo, ma funge anche da garante della regolarità dell'incontro. A prendere l'argomento di fatto è lei, che lascia incustoditi i fornelli per dare idealmente il calcio d'inizio dell'incontro.

– Calò, dimmi una cosa. Ma a te piacerebbe avere un fratellino?

Il bambino è colto di sorpresa. Gli avevano detto che dovevano dargli una bella notizia, ma era convinto che si trattasse dell'accoglimento di una sua antica richiesta: possedere un cane. Calò ha la passione per i cani. Non fa altro che disegnare cani e parlare del cane ideale che vorrebbe possedere. Spera che questa storia del fratellino sia una diversione per arrivare al punto. E al punto cerca di tornare innanzi tutto lui, che risponde:

– Veramente vorrei un cane. Un cane setter.

La nonna si scambia con Franco uno sguardo che vuol dire: io la mia parte l'ho fatta. E torna in cucina. Helena sa di essere stata integrata nella famiglia da troppo poco tempo per avere voce in capitolo in una circostanza così delicata. Tocca a Franco condurre la discussione:

– A parte il cane... Un fratellino non ti piacerebbe?

– Prima il cane.

– Ok. Il cane... Ma con un fratellino ci puoi giocare.

– Pure col cane ci posso giocare.

– Ma il cane lo devi portare due volte al giorno a fare la cacca. E poi la devi raccogliere.

Al pensiero non tanto della passeggiata col cane, quanto di dover raccogliere la cacca, Calò per un attimo vacilla.

– Pure i fratelli fanno la cacca.

– Ma non per terra. Non in mezzo alla strada. E poi non la devi raccogliere tu.

– Chi la raccoglie la cacca dei bambini?

– La mamma, la raccoglie.

Helena, che fino a quel momento ha assistito senza intervenire, ha un soprassalto:

– Mamma e papà.

Franco le lancia un'occhiata del tipo:
– (Inutile sottilizzare, andiamo al punto).
– Io però il cane lo voglio.
– Il cane, ho capito. Ma qui stiamo parlando di un'altra cosa.
– Un cane setter.
– Un setter, ok. Ma...
Calò si aggrappa a questa frase che considera una promessa.
– Allora va bene?
E mette su un sorriso che Franco non sa come fronteggiare. Fa una pausa, poi:
– Facciamo così. Compriamo sia il cane che il fratellino.
Calò esulta:
– Papozzo!
E gli salta addosso per abbracciarlo e sbaciucchiarlo.
Helena invece è spiazzata, la sua bocca forma una o, ma non emette verbo. Franco col bambino vorrebbe provare a dilatare almeno i tempi dell'operazione, ma Calò è travolgente.
– Grazie! Grazie! Grazie!
Abbraccia anche Helena, e la trascina fino a stringere Franco, di modo che tutti e tre formino l'immagine stessa della famiglia ideale. Né dimentica la nonna, e la coinvolge richiamandola dalla cucina:
– Nonna, papozzo mi compra un cane!
Mela arriva impugnando il mestolo ancora sporco di sugo, e sembra quasi volerlo usare come arma. Ma come si può obiettare in un momento del genere? Calò è straripante: il cane rappresenta il coronamento

del suo sogno di vivere in una famiglia completa. Padre, madre, nonna, cane. E fratellino, se è proprio necessario.

Conclusa la prima parte della riunione di famiglia nell'entusiasmo unilaterale di Calò, si rende necessario un aggiornamento per stabilire le norme attuative dell'accordo raggiunto. Dopo le polpette, Franco cerca il modo migliore per tornare sull'argomento:

– ... E allora fra sei mesi: cane e fratellino.

Lo dice con una finta allegria che non fa proseliti. Anzi, l'unico precedentemente allegro, Calò, ci resta male:

– Fra sei mesi? Tutto questo tempo ci vuole per un cane?

– Per il cane e per il fratellino.

– Ma non si può fare prima il cane?

– Eh, no: abbiamo fatto un patto! Fratellino e cane assieme.

Franco cerca l'approvazione di madre e moglie, ma senza ottenere nulla più che sguardi distolti. Franco sente su di sé il peso di dover governare la situazione, e fare qualche compromesso è indispensabile. Sono le responsabilità di chi governa, e le due donne non se ne rendono conto, arroccate come sono su posizioni di puro dissenso. Limitarsi a fare l'opposizione è comodo, ma lui è il capo famiglia, e deve portare a casa un risultato. Si concentra su Calò:

– Dovrai badarci tu, però.

– A chi, al cane o al fratellino?

– A tutti e due. Ma specialmente al cane. Lo devi portare fuori almeno una volta al giorno. Gli devi preparare la ciotola col mangiare. Lo devi educare.

– Certo!

Mela fa un verso con la bocca che significa:

– (Voglio proprio vedere).

Franco continua invece l'opera d'indottrinamento:

– Specialmente nel primo periodo la mamma deve pensare al fratellino. È vero mamma?

Helena sorride con prontezza.

– ... Però tu gli devi volere bene. Lo devi proteggere. Lo sai questo?

– Ma quindi è sicuro, che avrò un fratellino? E come lo chiamiamo?

Franco ed Helena si sorridono reciprocamente: forse è arrivato il momento di rivelare il loro segreto. Mela fa in tempo a domandare:

– Chi? Il cane o il fratellino?

Quasi all'unisono Franco ed Helena dicono:

– Kevin!

A Mela si allunga quasi impercettibilmente la faccia. Ripete:

– Chi? Il cane o il fratellino?

In clinica le polemiche sul nome, proseguite nelle settimane successive al pranzo dell'annunciazione, sono state del tutto dimenticate. Kevin, a forza di ripeterlo prima nelle polemiche e poi nell'ordinario delle conversazioni di famiglia, è diventato un nome come un altro.

Oltretutto, appiccicato a un neonato, qualsiasi nome farebbe tenerezza. E Kevin è un neonato come tutti. Cianotico, chiazzato, spelacchiato, plissettato abbastanza da suscitare tenerezza.

Franco proclama:

– Non c'è bisogno di dire che è bellino!

Mela disapprova l'umorismo rivolgendosi direttamente al piccolo:

– Mischina creatura: non lo sentire, a papà.

Il signor Angelo arriva portando un mazzo di girasoli che affida a Mela. Dà un bacio su entrambe le guance della puerpera prima che gli si liberi l'unica poltroncina della camera, dove viene fatto accomodare. Il cerimoniale prevede che, in quanto figura eminente, gli venga pure messo in braccio il bambino. Compito affidato a Mela, perché Franco non ha ancora superato le verifiche necessarie da parte di madre e moglie, per essere autorizzato a manovrare il neonato.

Il signor Angelo accoglie il fagotto con un minimo impaccio, fingendo di minacciarlo:
– Non facciamo che mi vomiti addosso! ?
Risata generale.
Manca solo Calò, che in questi giorni è stato sistemato a casa di un compagno di scuola. Non ha protestato perché là si diverte e soprattutto perché ha potuto portarsi dietro anche il nuovo cane, che gli è stato regalato alla vigilia del parto con una formula consigliata dalla psicologa della scuola.
– Bisogna che il bambino impari ad amare il fratellino già prima del suo arrivo. Abituatelo con dolcezza, un po' alla volta. Fategli capire che da questa novità lui potrà avere molti benefici.
A questo scopo, con cadenza mensile a Calò sono stati fatti dei piccoli regali, consegnati sempre con la formula:
– Questo te lo manda il fratellino in arrivo.
Una formula di fidelizzazione culminata il giorno prima della scadenza:
– Questo è Palomo. Te lo manda il fratellino che domani arriva.
Il cane è un'ottima distrazione per Calò, che nei primi due giorni viene tenuto lontano dalla clinica sempre su suggerimento della psicologa della scuola, che ha prescritto:
– Il bambino non deve vedere la madre stanca per il parto. Potrebbe mettere in relazione la sua sofferenza alla nascita del fratellino e attribuire questa sofferenza al nuovo arrivato. Lasciate passare

qualche giorno, il tempo che la signora si riprenda, e poi portatelo pure.

Quindi dopo due giorni Helena si è persino truccata, in modo da avere un aspetto raggiante. Franco va a prendere Calò a casa dell'amico:

– Andiamo a conoscere Kevin.

Calò vorrebbe portare anche Palomo:

– Pure lui lo deve conoscere!

– Ma in clinica non possono entrare i cani.

Calò deve arrendersi, ma non è convinto.

Dopo una sosta dal fioraio, eccoli davanti alla porta della stanza. Bussano. Calò consegna i fiori alla mamma. La bacia su entrambe le guance.

– E adesso vieni che ti presentiamo il fratellino.

Mela prende in braccio Calò e lo fa sporgere sulla culla.

– Vuoi dargli un bacetto?

Calò si dimena in braccio alla nonna:

– Fammi scendere, fammi scendere!

Appena viene accontentato Calò scappa via dalla stanza, inseguito dal papà.

Kevin i primi tempi dorme in camera dei genitori. Ha la sua culla: nessun problema. Calò spesso si sveglia nella notte per controllare che effettivamente il nuovo arrivato rimanga al suo posto. Quasi sempre ne approfitta per piazzarsi nel letto matrimoniale, come ormai è consuetudine indiscussa, per non farlo sentire escluso dalla presenza del fratellino. Lo stesso, però, da quando c'è Kevin, Calò si è fatto guardingo.

Una notte si sveglia urlando. In questi casi, visto che Franco deve alzarsi presto per andare al lavoro, a intervenire è Helena, rassicurante:

– Che succede, Calò? Perché piangi?

– Perché sono disperato.

Helena lo stringe al petto, cerca di consolarlo facendogli sentire il calore dell'abbraccio. Dal profondo di quest'abbraccio Calò dice:

– Posso dormire per sempre con voi?

Helena è spiazzata.

– Per sempre è un sacco di tempo. E poi perché?

– Perché sono disperato.

– Ma perché sei disperato? Che ti può essere successo di così brutto, a sette anni?

La risposta è una serie di singhiozzi e un progressivo inzupparsi del pigiama di Helena a forza di lacrime. Lei allora decide di prenderlo in braccio e portarlo in soggiorno, per farlo distrarre e per preservare il sonno di Franco. Certo: Calò è diventato pesante, ingombrante, difficile da tenere in braccio. Quando arriva nell'altra stanza per prima cosa deve scaricarlo sul divano. Si mette accanto a lui, lo coccola, gli accarezza i capelli, e nel giro di cinque minuti il bambino dorme di nuovo. Allora Helena lo riprende in braccio e lo porta nella sua stanza, dove Calò non dorme più da settimane. Appena gli mette la testa sul cuscino, il bambino ricomincia a piangere, e non resta altro da fare: lo riporta nel letto matrimoniale. Qui Calò si ritrova nel suo habitat, e subito si volta ad abbracciare Franco, che si sveglia ed esita a ricambiare l'abbraccio.

– Che ha?

– Dice che è disperato.

Franco rimane perplesso, ma lascia che il bambino si sistemi sotto le coperte. Quando anche Helena torna a letto stanno stretti e stentano a trovare una posizione comoda. Calò invece si è subito riaddormentato, su un fianco, abbracciato a Franco, che non si muove per paura di risvegliarlo e rimane a fissare il soffitto. Più o meno fissa lo stesso punto che sta fissando anche Helena. Franco parla sottovoce:

– Bisogna che ricomincia a dormire nella sua stanza.

– Lo so.

– È troppo grande per dormire nel letto di papà e mamma.

– E poi noi non...

– Ssst!
– Insomma: non mi pare bello.
– Per niente.
– Però veramente mi pare disperato, certe volte, 'sto bambino. Forse la mancanza della mamma...
– Forse.
Alla fine, in un modo o nell'altro, riescono a riaddormentarsi. Il resto della notte è molto agitato, con Calò che scalcia e sgomita da una parte e dall'altra. Quando suona la sveglia Franco è più stanco di quanto fosse la sera prima. Calò invece salta dal letto e comincia a prepararsi per andare a scuola con entusiasmo, giochicchiando con Palomo che gli fa festa. A colazione la vivacità del bambino contrasta con lo sfinito silenzio dei grandi.
– Ho finito, vado a lavarmi i denti e sono pronto.
Corre via. Ma quando è quasi arrivato in bagno torna indietro e comunica:
– Voglio dormire per sempre nel letto con voi.

Calò che continua a dormire stabilmente nel lettone con papà e mamma.

Franco che dice: Non possiamo andare avanti così.

Helena che sospira.

Kevin che dorme ignaro di tutto ciò che non è il suo sonno.

Calò che si sveglia nel cuore della notte e vuole giocare col papà.

Franco che dice: Non possiamo andare avanti così.

Helena che sospira.

Kevin che dorme imperterrito.

Calò che si accontenta di una storia.

Franco che attacca Cappuccetto Rosso.

Helena che si volta sull'altro fianco e prova a riaddormentarsi.

Calò che dice: Ma sempre Cappuccetto Rosso?

Franco che dice: Io conosco solo questa.

Helena che si aggiusta il cuscino in modo da coprirsi almeno un orecchio.

Calò che dice: Va bene, Cappuccetto Rosso.

Franco che ricomincia a raccontare.

Helena che finge di dormire.

Calò che si stringe al petto di Franco.

Franco che arriva al punto in cui Cappuccetto Rosso va dalla nonna e la mamma le mette nel cestino pane e frittata.

Helena che continua a fingere di dormire, senza crederci nemmeno lei.

Calò che obietta: Ma non è pane e frittata, è pane e salame.

Franco che risponde: È uguale.

Helena che va a dormire sul divano in soggiorno portandosi dietro il cuscino.

Calò che dice: Ieri mi hai detto che era pane e salame, com'è che adesso spunta pane e frittata?

Franco che riprende inserendo pane e salame al posto di pane e frittata.

Kevin compie un anno. La festicciola la fanno di domenica, a casa del signor Angelo, che ha consolidato nel tempo un ruolo di padre benevolente della famiglia. Per pranzo Mela ha preparato la pasta al forno in bianco – formaggio, besciamella e prosciutto – piatto fra i preferiti di Calò, che in questo modo non si sente escluso dai festeggiamenti in onore del fratello. Alla preparazione del pasto ha contribuito anche Helena, con delle sarde a beccafico che ha concordato con Mela. In cucina Mela mantiene saldamente lo scettro di comandante in capo, ma Helena ha saputo ritagliarsi uno strapuntino da apprendista e assistente. Non scavalca mai la suocera, però sa guadagnarsene la fiducia con la forza dell'umiltà. Si è fatta spiegare alcune delle principali ricette della tradizione di famiglia, e oggi le sue sarde a beccafico sono indistinguibili da quelle della cuoca titolare. Lo ammette la stessa Mela, che assaggia per dare il proprio consenso, e aggiunge:

– Così gliele prepari a mio figlio quando io non ci sono più.

La frase dovrebbe cadere pesante sul tavolo da pranzo dove si festeggia il primo compleanno di un bambino. Ma Mela ha spesso questo genere di uscite, che vengono accolte da Franco ormai con indifferenza. Solo Helena, dimostrando di essere ancora estranea alle convenzioni di casa, mostra di aver colto il segnale lanciato dalla suocera.

– Non devi dire così...

– Intanto... Oggi ci siamo, e domani non ci siamo più.

E lancia un sospiro che si perde fra la masticazione dei commensali. La pasta al forno ha quella crosticina sopra che quasi scoppietta sotto i denti, producendo un rumore che rende difficile ogni conversazione.

Calò specialmente mangia la sua porzione e ne chiede subito un'altra, rendendo felice la nonna e strappandola per un attimo ai pensieri funerari.

– È buonissima, nonna.

– Mangia, Calò. Magari tu dàmmela, qualche soddisfazione.

Insiste. È chiaro che Mela ha qualcosa che le brucia. Rimane estranea al clima di festa. Non mangia. Si limita a controllare che i piatti rimangano sempre guarniti. Helena le domanda:

– Tu non ne mangi?

– Non ho fame. Non mi va. Ma sono contenta che vi piace. Perlomeno qualcuno felice ci vuole, in questa famiglia.

Siccome conosce la madre e sa che insisterà con questo genere di allusioni fin quando qualcuno non le darà soddisfazione, alla fine della prima porzione, mentre se ne serve una seconda, Franco domanda:

– Mamà, me la dici una cosa...? Ma che hai?

– Lo so io, che ho. Tu non ti preoccupare.

– Siamo qua, stiamo festeggiando il compleanno del bambino...

– Hai ragione. Sono io che sono fuori posto.

– Ma perché dici questo?

Franco si guarda intorno. Helena tiene gli occhi sul piatto. Calò mangia spensieratamente. Kevin sta curando i dettagli di un pasticcio che ha fatto con la pastina olio e parmigiano, spargendone la maggior parte fra faccia e maglietta. Resta il signor Angelo, l'ultima persona che Franco vorrebbe fosse coinvolta in polemiche di famiglia. Gli si rivolge per scusarsi del clima che si è creato, ma fa in tempo a intercettare un lampo che scocca fra lui e la madre. Precisamente: dagli occhi della madre a quelli del signor Angelo.

Difficile analizzare il lampo di uno sguardo, ma quel lampo sì. Aveva una consistenza molto evidente in termini di significato, sedimentazione, intesa fra i due. In una frazione di secondo Franco realizza con assoluta certezza che fra il signor Angelo e sua madre intercorre qualcosa – un segreto, una confidenza – che lui non conosce.

– Che dovevamo fare le partecipazioni?

Mela tiene le mani sui fianchi. È risultato effettivamente che il suo malumore alla festa per Kevin era dovuto a qualcosa che riguardava lei e il signor Angelo. Franco è ancora incredulo. Non geloso della madre, perché si considera uomo di mondo: ma incredulo sì.

– Le partecipazioni no, ma perlomeno dirmelo.

– Per questo ero seccata. Lui si era impegnato a dirtelo, e non si decideva.

– Me lo potevi dire tu che sei mia madre!

– Non toccava a me. Le madri di 'ste cose coi figli non ne parlano. Dovevate chiarirvela fra voialtri che siete maschi.

Franco non saprebbe spiegare nemmeno a se stesso il suo punto di vista sul legame che s'è creato fra la madre e il signor Angelo. Non è contrario, certo: il signor Angelo è il benefattore della famiglia. Ma rimane spiazzato. E non per la scelta del signor Angelo, che è maschio fin troppo adulto: ma per quella della madre. Non che se ne sia mai parlato fra loro, ma Franco dava per scontato che Mela non fosse più interessata a una vita sentimentale fuori dalla famiglia. Ora spunta questa novità:

– Ma lui non è troppo vecchio per ’ste cose?

– A te che t’interessa? E comunque no, non è troppo vecchio, se lo vuoi sapere.

Franco non è pronto ad accettare le implicazioni di una risposta del genere. Non osa immaginare che fra i due ci possano essere risvolti più che platonici, e tantomeno è pronto a immaginare la madre e il signor Angelo sotto le lenzuola. Vorrebbe mettersi le mani sulle orecchie.

– Ma da quando?

– Eeeeh...

Mela intende dire: da un bel po’.

– Settimane? Mesi?

Mela tace.

– Anni?

Mela continua a tacere. Ma col silenzio avalla l’ipotesi: anni.

– E...

Franco avrebbe mille domande sulla punta della lingua, ma si affollano tutte assieme, fanno tappo, e non riesce a venirne fuori nemmeno una.

– ... Non ci posso credere.

– Intanto, andò così.

– Per questo lui è così gentile sul lavoro.

– ...

Nel silenzio reiterato di Mela c’è un’intenzione che spinge Franco a indagare ancora.

– Lui e tu vi...

– Ci conoscevamo.

– Da...

– Da prima.

– Da prima che...
– Da prima di conoscere tuo padre.
– Cosicché quando...
– Quando lui mischino è sparito...
– Quando lui è sparito...
– Ci siamo risentiti.
– Vi siete risentiti e...
– E niente.
– Ma allora quando io ti ho detto che volevo trasferirmi qua in Spagna...
– ...
– Tu già...
– Io già...
– Tu già lo sapevi! Già c'era stata cosa, fra voi?
– Niente di che. C'eravamo scritti.

Franco riflette: il tempo di connettere fra loro una serie d'informazioni recenti e farsi un'idea ancora vaga, ma tutta nuova.

– Quindi quand'è stato... Quando ho deciso di venire qua in Spagna... non fu un caso? Tutto combinato da te?
– E che ti sto dicendo da mezz'ora che parliamo?

Da un giorno all'altro i Montana sono diventati una vera famiglia tradizionale. Una dopo l'altra, ogni casella è stata riempita. Il coronamento dell'iter è consistito nella formale attribuzione del ruolo di patriarca al signor Angelo. Adesso anche la forma è consolidata. Dalla scomparsa di Calogero Montana è passato un bel po' di tempo, e del resto nessuno, lì in Spagna, avrebbe titolo di fare pettegolezzi sul loro assetto familiare, dove in realtà nessuno è quel che sembra.

Semmai all'interno della stessa famiglia c'è qualche aspetto ancora da chiarire. Così la pensa il signor Angelo quando chiede a Franco un apposito colloquio che si tiene in campo neutro, in un caffè di plaza Cardenal Belluga.

La richiesta formale d'incontro, i temi prevedibili, i rapporti pregressi sono tutti elementi che contribuiscono a inspessire l'imbarazzo. Imbarazzo di entrambi: reciproco, ma asimmetrico. Il signor Angelo vorrebbe dare spiegazioni, ma Franco non ne vorrebbe ricevere. Non ne sente il bisogno. Intanto c'è da considerare che i rapporti fra maschi adulti sono molto riservati, su certi argomenti. Non è necessario verbalizzare. Per di più Franco, dopo lo spiazzamento iniziale, si è messo in sintonia con la nuova realtà. Gli anni passati in Spagna hanno contribuito alla sua apertura mentale su una serie di argomenti che vanno dal matrimonio fra omosessuali al fidanzamento della propria madre: cose che ormai è pronto ad accettare. Lo ha chiarito con Mela, ma adesso c'è da spiegarlo al signor Angelo, a cui fra l'altro è legato da una vera forma di gratitudine. Per cui adesso che si trova nella posizione di chi dovrebbe pretendere spiegazioni, Franco è a disagio:

– Non c'era bisogno di questa formalità, signor Angelo...

– Invece sì, perché di tutta 'sta storia te ne dovevo parlare io.

– Certe cose non c'è bisogno di dirle. Si capiscono e basta.

– Io non voglio che fra noi questa cosa diventa un problema.

– Da parte mia nessun problema. Veramente...

– Senti: io lo capisco che ti pare strano vedere una persona accanto a tua madre. Ma ormai ho capito che ci si innamora anche a sessant'anni. Anche a settanta. Da quello che capisco io, non si finisce mai. Non lo so se è una bella cosa. Ma è così.

Franco non ha nessuna voglia di sentire questi discorsi. Guarda ovunque tranne che in viso il suo interlocutore.

– Lo so, lo so...

– Ma non ti vedo convinto.

Franco veramente è convintissimo. In un certo senso il suo imbarazzo è dovuto alla mancanza d'imbarazzo.

Vorrebbe spiegare che non c'è niente da spiegare. Anzi: ogni spiegazione crea un problema che non c'è.

– Ti giuro che io...

– Se mia madre buonanima si faceva il fidanzato, io non lo so come reagivo. Tu sei un signore e fai finta di...

– Non faccio finta! Non faccio finta! Non me ne importa. Giuro! All'inizio non me l'aspettavo...

– Lo vedi? Lo capisco che è difficile...

– ... Ma ora no! Ora lo capisco perfettamente. Potete fare quello che volete. Che posso fare per dimostrarvelo? Volete la mia benedizione? Eccola.

Fa un rapido cenno con le dita. Il signor Angelo scuote la testa:

– Lo vedi? Sei grevio.

– Non sono grevio per niente! Era per sdrammatizzare.

– Guarda che io con tua madre ho intenzioni serie.

– Io non ho dubbi, su questo.

– E su che cosa ce li hai?

– Che cosa?

– Questi dubbi.

– Quali dubbi?

– Hai detto: io non ho dubbi, *su questo*. Significa che hai dubbi su qualcos'altro. Parliamone. Non devi tenerti dentro le cose. Apriti, sfogati. Se mi devi mandare a fare in culo, questo è il momento.

– Io mandare a fare in culo a lei? Ma come? Lei mi ha... ci ha salvato la vita.

– Questo sette anni fa. Ma oggi? Oggi che posso fare per meritarmi il tuo perdono?

– Io non devo perdonare nessuno, tantomeno a lei, signor Angelo.
– E tua madre?
– Pure a lei.
– La perdoni, a tua madre?
– Io non sento di doverla perdonare perché non ha niente da farsi perdonare, signor Angelo... Come glielo devo dire?
– Lo vedi? Continui a chiamarmi signor Angelo.
– L'ho chiamata sempre così...
– Ma adesso è diverso. Posso chiederti almeno di chiamarmi Angelo?
– Ma perché *almeno*? Signor Angelo... Angelo: tutto quello che vuole lei. Per me non c'è problema.
Il signor Angelo, Angelo è rinfrancato. Franco deve tornare al lavoro, mentre lui si trattiene al tavolo del bar. Quando il suo nuovo quasi figlio sta per uscire, lo chiama.
– Allora ci siamo chiariti?
Franco solleva gli occhi:
– Ci siamo chiariti, ci siamo chiariti.

Il signor Angelo che la passa a prendere, dopo aver portato la macchina all'autolavaggio.

Mela che scende lasciandolo aspettare strategicamente qualche minuto.

Il signor Angelo che le apre lo sportello e fa il giro da dietro per tornare al posto del guidatore.

Mela che gli sorride.

Il signor Angelo che ricambia e mette in moto.

Mela che mette una mano su quella di lui posata sul cambio.

Il signor Angelo che guida fino alla *feria* che si tiene a Torrevieja.

Mela che domanda: Ma si può sapere che fiera è?

Il signor Angelo che risponde facendole una sorpresa: La Feria della Frutta.

Mela che ne è colpita: La fiera della frutta?

Il signor Angelo che distoglie lo sguardo dalla strada e le lancia un'occhiata che vuol dire: Non te l'aspettavi, eh?

Mela che osserva dal finestrino il paesaggio semidesertico dei dintorni di Murcia pensando:

– (Che differenza ci sarà fra la Feria della Frutta e un mercato ortofrutticolo?).

Il signor Angelo che assapora guidando la felicità

di andare con la donna che ama in un luogo del cuore.

Mela che scendendo dalla macchina si aggiusta la gonna e accetta il braccio di lui.

Il signor Angelo che paga per entrambi il biglietto d'ingresso, ridotto per gli operatori del settore che esibiscano l'apposito tesserino.

Mela che lo lascia fare.

Il signor Angelo che esordisce appena varcato il cancello: Eccoci qua. E intende dire:

– (Vedi dove ti ho portato?).

Mela che commenta:

– Bellissimo.

Il signor Angelo che le mostra lo stand del Brasile spiegandole le varietà vegetali provenienti dalla foresta amazzonica, fra cui una specie di zucchina di cui le dice il nome.

Mela che ne rimane colpita e dimentica il nome all'istante.

Il signor Angelo che la guida nello stand della Cina, illustrandole alcune varietà provenienti dall'estremo oriente, e in particolare i litchi che, spiega, in estremo oriente sono buonissimi e in occidente invece, quando pure si riescono a trovare, non hanno sapore e risultano allappanti.

Mela che resta molto sorpresa.

Il signor Angelo che nello stand cubano le mostra ammiccando una super banana dalla forma imbarazzante.

Mela che da lui non se l'aspetterebbe e arrossisce.

Il signor Angelo che le propone di visitare il padiglione del Madagascar.

Mela che accetterebbe volentieri, ma teme di aver sbagliato la scelta delle scarpe e vorrebbe sedersi un attimo.

Il signor Angelo che propone di andare al Café delle Americhe, dove ha sentito dire che fanno degli ottimi centrifugati di papaya.

Mela che accetterebbe qualsiasi soluzione pur di sedersi.

Il signor Angelo che ordina due centrifugati di papaya senza nemmeno interpellarla.

Mela che sospira e assaggia.

Il signor Angelo che domanda:

– Come ti pare?

Mela che risponde:

– Mi fa schifo.

Ancora un paio d'anni di pubblico fidanzamento, e poi è ovvio che fra Mela e Angelo si vada a matrimonio. L'annuncio in famiglia è informale così come la cerimonia è semplice, direttamente in municipio, dopo aver vinto qualche resistenza di Mela, che avrebbe voluto lo sfarzo della chiesa, con addobbi, organista, fotografo ufficiale e tutto l'arsenale convenzionale dei giorni di nozze. Quando s'è sposata la prima volta, con Calogero, era stato un matrimonio in economia. Adesso con Angelo è approdata a un discreto stato di agiatezza, e la festa di nozze è l'occasione ideale per sancire questo genere di salti sociali. Ma pazienza: per certe cose bisogna tenere conto dell'età e del rischio di rendersi ridicoli.

Davanti al delegato municipale è tutto più semplice, deve ammetterlo anche lei. A cominciare dal vestito color crema per finire con il numero degli invitati, che sono limitati alla cerchia familiare o poco più.

Angelo la aspetta davanti al municipio, lei arriva in auto accompagnata da Franco, mentre Helena è già sul posto con i due bambini. La parte più interessante della cerimonia consiste nelle dinamiche fra madre, figlio e figliastro.

Calò è diventato un decenne sovrappeso alle prese con un periodo di crescita scomposta che dura ormai da almeno un anno. Funziona così: gli viene una febbretta che dura tre giorni, arriva a quaranta lasciandolo stremato e un po' dimagrito. Ne esce con un appetito moltiplicato e una singola parte del corpo espansa indipendentemente dalle altre. I piedi arrivano alla misura quarantaquattro nel giro dell'inverno. Le braccia si allungano oltre ogni proporzione. E poi il culo, la testa: il resto del corpo si adegua un po' alla volta, sempre seguendo il ritmo delle febbri.

Questa crescita improvvisa e scoordinata provoca dei problemi fra Calò e lo spazio attorno a lui. Non riesce a prendere le misure del mondo e fa danni inspiegabili, se non alla luce del fatto che stenta ad abituarsi alle sue stesse mutazioni. Rompe gli oggetti, oppure non prende bene le misure delle porte e va a sbattere sullo stipite. Inciampa in continuazione. Urta le persone. Ogni tanto pesta una zampa di Palomo, che comincia a guaire. Né si assume mai qualche responsabilità.

Palomo! Sempre in mezzo ai piedi.

Calò mangia e sporca: sporca molto, e soprattutto mangia. È posseduto da una fame animalesca. Già mentre aspetta la nonna sposina sta addentando un'empanada al tonno e peperoni.

Helena si aggiusta la gonna sopra il ginocchio e lo mette in guardia:

– Poi c'è il rinfresco, non toglierti l'appetito. E non ti sporcare la camicia.

Si volta a guardarlo in preda a un presentimento, giusto in tempo per vedere una medaglia di ripieno staccarsi dall'empanada e appuntarsi sul petto di Calò, in corrispondenza del cuore.

– Calò!

Impicciata da Kevin, che vuole essere tenuto in braccio, Helena si china per verificare il danno ed eventualmente porre rimedio. Ma la diagnosi è infausta: olio tonno e peperoni possono essere eliminati solo in parte, sulla camicia resterà comunque una macchia irrimediabile, coi mezzi attualmente a disposizione.

Nel frattempo arriva la sposa, e Kevin getta un urlo secco e improvviso, quasi senza prendere fiato. Lo fa ogni volta che vede distolta da sé l'attenzione della madre. È bastato che lei si chinasse sul petto del fratello per far suonare l'allarme. Non dura comunque molto: basta tornare a occuparsi di lui, vezzeggiarlo, farlo sobbalzare fra le braccia, e Kevin si zittisce.

Helena sospira. Fa quello che può. Pazienza per la macchia sulla camicia di Calò e per tutto ciò che succede nel mondo, a cui lei non è in condizione di porre rimedio.

Il breve corteo si avvia a piedi verso l'ufficio dove verrà celebrato il matrimonio. Franco le si affianca e accenna alla macchia:

– Che è successo?

– S'è macchiato. Amen.

Franco scuote la testa. Pazienza, per la camicia di Calò: non ha intenzione di farsi rovinare la giornata in cui un altro pezzo del loro puzzle familiare va a trovare la collocazione ideale.

Helena che fa tutto un discorso a Calò.
Calò che ascolta compunto il discorso di Helena.
Helena che dice:
– Ormai sei un ometto.
Calò che annuisce.
Helena che dice:
– E devi comportarti da ometto.
Calò che annuisce.
Helena che gli dice:
– Io devo fare la doccia.
Calò che annuisce.
Helena che gli dice:
– Mentre sono sotto la doccia te la senti di badare a tuo fratello?
Calò che annuisce.
Helena che lo guarda un'ultima volta prima di chiudersi fiduciosa in bagno.
Calò che aspetta di sentir scorrere l'acqua e va in soggiorno, dove Kevin sta guardando i cartoni animati in televisione.
Kevin che gli domanda distrattamente:
– Mamma dov'è?
Calò che risponde:
– Si è sentita male.

Kevin che continua a guardare i cartoni animati.
Calò che dice:
– Si è sentita molto malissimo.
Kevin che finalmente stacca gli occhi dal televisore.
Calò che gli dice:
– Devi essere forte. Ormai sei un ometto. Devi comportarti da ometto.
Kevin che fa la faccia di chi non capisce.
Calò che continua:
– Ormai sei un ometto, devi accettarlo.
Kevin che domanda:
– Che significa ometto?
Calò che lo fissa e gli dice:
– La mamma non c'è più.
Kevin che domanda:
– Che significa non c'è più?
Calò che fa una pausa e risponde:
– È morta.
Kevin che scoppia in lacrime e corre di là a cercare conferme.
Calò che si mette a guardare gli stessi cartoni del fratello.
Kevin che torna dopo due minuti, sempre in lacrime, tenuto per mano dalla madre grondante e malamente avvolta in un asciugamani.
Helena che domanda a Calò:
– Che hai fatto a tuo fratello?
Calò che risponde:
– Niente. Che gli ho fatto? Niente.
Kevin che dice qualcosa, ma siccome non la smette di piangere, non si capisce cosa.

Helena che dice:
– Gli hai detto qualcosa di brutto?
Calò che fa una faccia che significa:
– (Io? Per niente).
Kevin che ha un rinforzo di pianto.
Helena che lo prende in braccio.

Sono passati dodici anni da quando i Montana si sono trasferiti in Spagna. Per tutto questo tempo Franco non ha avuto tempo né voglia di tornare in Sicilia. Certi clienti acquisiti più di recente nemmeno saprebbero delle sue origini, se non ci fosse un leggero accento straniero e quel soprannome che gli hanno appioppato, di cui farebbe volentieri a meno: Sicilia. Nemmeno *Siciliano*: Sicilia. Non quindi l'abitante di un'isola, ma l'isola stessa, nella sua interezza. Lui è la terra da cui proviene, e deve rassegnarsi perché i soprannomi sono come la carta moschicida: più cerchi di staccarteli di dosso, più ti restano appiccicati.

Per cui: Sicilia.

Sicilia si è fatto onore, a Murcia. Col tempo è diventato un membro onorato della comunità. A messa viene chiamato spesso a leggere dei brani del vangelo. Partecipa alle riunioni di condominio, dove il suo parere è sempre ascoltato e spesso finisce per aggregare consensi fino a diventare maggioritario.

La domenica i Montana hanno mantenuto l'abitudine di pranzare a casa di Angelo tutti assieme. Con la differenza che adesso la casa di Angelo è diventata pure di Mela, e il pranzo domenicale si configura non più come visita di riguardo, ma in tutto e per tutto come giornata di festa in famiglia. Franco si presenta con un vassoio di dolcetti, Mela lo abbraccia e lo squadra giudicandolo dimagrito:

– Sei fatto sicco.

Lo stesso trattamento con sentenza spetta a tutti gli altri ospiti:

– Sei fatta sicca.

– I bambini sono fatti sicchi.

Per rimediare, Mela ha preparato la pasta con le sarde a mare, e ne approfitta per impartire una piccola lezione alla nuora:

– Helena, hai capito? Le sarde *a mare*. Come la pasta con le sarde, ma senza sarde, perché le sarde sono rimaste a mare.

– Lo so, Mela.

– E come lo sai? Già te l'ho spiegato?

– L'anno scorso, ti ricordi?

– Ah... Insomma, hai capito.

Prima di mangiare, Franco e Angelo si appartano per parlare di certi affari, e i due bambini vengono lasciati davanti al televisore.

Vederli sul divano, messi uno accanto all'altro, basterebbe a capire quanto vana fosse la velleità originaria di farli crescere assieme. Gli anni di differenza sono troppi, e i caratteri diversi. Calò è più introverso, ha mantenuto uno spiccato senso della famiglia anche arrivato alle soglie di quell'età in cui i bambini diventano molto stronzi, e decidono da un momento all'altro di non voler più fare quel che facevano prima, per il fatto stesso che lo facevano prima. Kevin invece è più solare, estroverso ed egocentrico. In quanto secondogenito approfitta di tutta la benevolenza accordata da genitori e nonni trasformandola in privilegio. L'essere tanto più viziato non gli impedisce di adorare il fratello più grande; è geloso di Calò ma lo ammira incondizionatamente. Kevin è animato da una gelosia che si esercita nei confronti dei genitori, quando si occupano di Calò, ma anche di qualsiasi interferenza che agisca nel rapporto col fratello. Ogni distrazione di Calò rende Kevin irrequieto.

Ora, c'è in televisione una partita di calcio. Calò è un appassionato e mal sopporta le chiacchiere durante gli incontri. Un'insofferenza che di per sé suscita la parlantina di Kevin.

– Noi chi siamo?

– ...

– Noi chi siamo?

– ...

– Noi chi siamo?

– Maglietta bianca e rossa.

– E come ci chiamiamo?

– ...

– Come ci chiamiamo?

– Atletico.

– Atletico e poi?

– Atletico.

– Ma ci sono molti Atletico. Noi quale Atletico siamo?

– Madrid.

– Atletico Madrid? Non siamo dell'Atletico Murcia?

– Non esiste l'Atletico Murcia. O Madrid o Bilbao.

– E il Murcia non c'è?

Calò sospira. Si sente la voce di Mela provenire dalla cucina:

– A tavolaaaa!

Solo il mangiare può convincerlo a staccarsi dalla partita. Ma certo, la conversazione di Kevin è un altro buon deterrente.

La passione per il calcio è il nodo che lega Franco e Calò. Durante la stagione seguono le partite del Real Murcia Imperial, che malgrado l'altisonanza si arrabatta in Segunda División B, la terza serie del campionato spagnolo. Non una gran squadra, né un grande stadio, ordinariamente moderno, circondato da un prato all'inglese di quelli che da queste parti si fanno crescere forzando molto la mano della natura. La maglia rossa e l'imperscrutabilità del tifo calcistico fanno sì che padre e figlio rinnovino da un paio d'anni l'abbonamento e ogni due settimane si presentino ai cancelli dello stadio portando al collo le sciarpe della loro squadra.

Non che Franco sia mai stato un vero appassionato di calcio, e segretamente il suo cuore è ancora rosanero, ma la vita è fatta di occasioni, e l'occasione calcistica a portata di mano, per loro, è rappresentata dal Murcia. Oltretutto è un pretesto per stringere il rapporto con Calò, sondare la sua evoluzione caratteriale, in un'età in cui i ragazzini sono saponette umane, che scappano di mano tanto più quando qualcuno prova a prenderle in pugno.

Questa settimana la squadra gioca di sera, e la tradizione vuole che i due si muovano da casa con un panino. Nella fattispecie: panino con frittata preparato amorevolmente da Helena, che i due scartano e consumano seduti sulle poltroncine dello stadio, aspettando che la partita cominci. Per esperienza Franco sa che quello è il momento di massima complicità possibile fra loro due. Lo sa anche Calò, che per l'occasione si è preparato un bel discorso:

– Te lo ricordi che il mese prossimo faccio quattordici anni?

– E certo.

– Mi avevi promesso che a quattordici anni me la raccontavi.

Franco coglie il sottinteso:

– (La storia di mia madre).

Ricorda di aver più volte rinviato e dilazionato il discorso, ma non di aver mai dato una scadenza precisa, tanto meno la soglia dei quattordici anni. Però la situazione di massima complicità gli impedisce di scantonare: venti minuti prima che cominci la partita c'è tutto il tempo di raccontare.

– Tua madre... che vuoi sapere?

– Tutto. Com'era? A casa non c'è nemmeno una fotografia. Com'è che non ce n'è manco una?

– Con la nonna abbiamo deciso così. I ricordi mi fanno male. Allora: via tutto. Meglio così.

– Ma lei com'era, fisicamente?

– Brunetta, magrolina. Non tanto bella.

– Se non ti piaceva come mai te la sei sposata?

– Non eravamo sposati.

– E io?

– Tu che?

– Io sono nato per sbaglio?

Franco improvvisa. Gli sembra una crudeltà rivelare la verità più importante, ma ci sono altre verità intermedie che vorrebbe risparmiare al ragazzo.

– Ma no! Che sbaglio?! Io ti volevo.

– E mamma? Mi voleva?

– Pure mamma, sì.

– E da quanto tempo stavate assieme?

La risposta è ricalcata sulla vita reale: Franco si proietta nell'esperienza del fratello.

– Un anno, più o meno.

Segue una pausa, con Franco sulle spine. Quanto manca all'inizio della partita? Un quarto d'ora. Troppo.

– Mi racconti com'è successo?

– Com'è successo...?

Calò fa un cenno del capo: proprio quel che immagina Franco.

– Stava male. Sempre peggio. Poi un giorno non ce l'ha fatta più.

– Ha sofferto molto?

– Un po' sì.

Io quanti anni avevo?

– Un anno, più o meno.

– E...

Calò ha difficoltà a esprimere il concetto che vorrebbe. Un disagio che fa sentire Franco meno a disagio.

– ... Con me, com'era? Dico... affettuosa?

Franco vorrebbe sottrarsi a quella conversazione, combattuto com'è dall'intenzione di non alimentare in Calò il mito della madre e il desiderio di non deluderlo sulla consistenza generale dei suoi affetti. Non è convinto che Ivana amasse quel bambino. Ricorda i lividi sulle braccia di Calò piccolissimo. Di sicuro non lo amava quanto adesso lo ama lui, e anche quanto adesso lo ama Helena, che ha assunto il ruolo di madre con pieno merito e successo. Decide di mentire a fin di bene:

– Certo. Eri suo figlio. Ti amava. Tutti amano i propri figli.

Ecco: i giocatori entrano in campo, chiamati dallo speaker ufficiale e osannati dalle poche centinaia di spettatori presenti allo stadio. Calò forse è appagato, di sicuro si lascia inghiottire dalla passione sportiva.

Franco è salvo, per il momento.

Ma c'è ancora l'intervallo. La partita è moscia, con il Murcia che attacca ma non riesce a segnare. Il fischio dell'arbitro che manda le squadre a riposarsi per quindici minuti è un interruttore che spegne il tifo di Calò e lo fa tornare all'argomento che gli sta più a cuore.

Franco se l'aspetta e si è mentalmente preparato un'altra serie di risposte sul passato, con particolare riferimento alla madre del ragazzo, ma Calò riesce a spiazzarlo:

– E tuo fratello?

In linea di massima, Calò non dovrebbe sapere nemmeno dell'esistenza di Enzo. A casa non se ne parla mai. Franco potrebbe giurare che da quando sono in Spagna quel nome non è mai stato pronunciato. Anche le fotografie sono state bandite proprio per non suscitare la curiosità di Calò. Franco è più che sicuro: mai in famiglia è spuntato quel nome. Vale la pena di bluffare:

– Che fratello?

– Non avevi un fratello? Enzo...

Calò conosce pure il nome. Allora Franco butta mentalmente via una serie di bugie che aveva predisposto in emergenza. Deve improvvisare:

– Ah, Enzo!
– Perché, ce ne erano altri?
– No, per carità. Come lo sai di Enzo?
– Che t'importa? È tuo fratello o no?
– Tu dimmi come hai saputo di Enzo e io ti racconto.

Si tratta anche di calibrare bene le risposte, senza sgarrare e senza offrire elementi compromettenti di cui Calò non è ancora a conoscenza. Il ragazzo non ha nulla da nascondere, comunque:

– La nonna tiene nel cassetto del comodino una foto dove ci sono due bambini. Dietro c'è scritto: Enzo e Franco. Quindi ho pensato che doveva essere un amico o addirittura tuo fratello. Ho tirato a indovinare. Giusto?
– Giusto, giusto...
– Era più grande o più piccolo di te? Andavate d'accordo?
– Insomma... da bambini i fratelli non vanno mai d'accordo.
– E da grandi?
– Poi da grandi le cose migliorano, di solito. Ma non sempre. Lo vuoi un ghiacciolo?

Il tentativo di diversione non funziona. Calò è concentrato e determinato, rifiuta con un cenno del capo. Per lui è arrivato il momento di sapere tutto quel che vuole sapere.

– Che gli è successo?
– Una brutta malattia.
– Pure lui? Come la mamma?
– Eh...

– Ma la stessa malattia?
– Sì.
– Cioè... cancro?
Franco china la testa in segno di assenso.
– E quanti anni aveva, quando...
– Una ventina.
– Ma è successo prima o dopo la mamma?
– Grossomodo, nello stesso periodo.
– M'immagino come dev'essere stato, per te. Nello stesso periodo, la moglie e il fratello... E pure la nonna...
– Eh... Povera nonna...
Non è passato un quarto d'ora? Quanto ci mettono le squadre a tornare in campo?
– Ma prima tuo fratello o prima la mamma?
– Sai che non mi ricordo? Fu un periodo tremendo. Ho cercato di non pensarci più, e adesso ho tutto confuso nella testa...
Franco capisce di essere finito in un vicolo cieco. Già così gli pare di essere poco credibile. E lo spaventa il solo pensiero di dover aggiungere altri dettagli ancora più inverosimili. Si mette le mani sugli occhi. Un po' come se cercasse di ricordare, un po' come se nascondesse il pianto. Calò allora gli poggia un braccio intorno alle spalle: gesto che negli ultimi tempi fra loro era del tutto dimenticato.
Franco per metà s'intenerisce, e per l'altra metà si sente una merda.

– Gliene ho dovuto parlare.

Franco e Mela sono nella cucina di casa di lei, seduti al tavolo. Soli in casa. Franco è andato a trovarla a quell'ora, mentre Angelo è uscito, proprio per essere sicuro di poterle parlare senza interferenze.

– Avevamo detto che meno ne sapeva e meglio era… E che gli hai detto?

– Il minimo. Gli ho inventato una serie di cose. C'è poco da fare, oramai è grande, chiaro che cerca di scoprire chi era sua madre. Anzi, meglio che gli ho impapocchiato qualcosa io, così magari smette di cercare e se ne fa una ragione. Ora l'importante è che, se ti chiede, tu devi dire le stesse cose che gli ho detto io.

– E certo.

– Ha trovato una foto di Enzo, nel tuo comodino.

Mela si porta una mano alla bocca, vorrebbe giustificarsi, ma Franco non ha intenzione di rivangare quel che è stato. Altre sono le questioni urgenti:

– Sono preoccupato. Fai una cosa: se ti chiede, quando ti chiede, non gli dire niente. Digli che ti fa troppo male parlarne. Fai finta di chiuderti nel tuo dolore.

– Ma vero mi fa male. Enzo era mio figlio…

– E pure mio fratello. E Calò mio nipote. Non ti ci mettere pure tu. Mi sento in colpa nei confronti di 'sto bambino. Ma che potevo fare?

– Niente, ci potevi fare. Fu destino, Francù. Nostro Signore che vede e provvede lo sa che doveva andare com'è andata. Ora mischino c'è Calò, dobbiamo pensare a lui.

– Io più di crescerlo come un figlio che potevo fare? Lo sai quanto gli voglio bene...

Mela è consapevole del suo ruolo di spalla su cui piangere e specchio benevolo di ogni dubbio. La domanda di Franco è retorica, e retoricamente la madre risponde:

– Non potevi fare niente più di quello che hai fatto. Sei stato meglio di un padre, per lui. Meglio di com'era suo padre, questo è sicuro.

Le parole di Mela suonano come una benedizione a posteriori del suo gesto. E allo stesso tempo una maledizione alla memoria del figlio morto. Più di questo non potrebbe chiederle. Franco è rinfrancato dalle sue parole. Ma lo stesso non si convince:

– Se ora scopre che non è mio figlio... non lo so, non lo so... Non ci voglio pensare.

– E tu non ci pensare. Continua a fare quello che hai sempre fatto. Lavora, stai con lui, portalo alla partita. Sono queste le cose che contano, no le altre. Il passato è passato. Lo sai come si dice? Chi muore giace, e chi vive si dà pace. Diamoci pace pure noialtri, perché ripensarci non serve a niente.

Per rafforzare il conforto verbale lei gli prende una mano e la tiene fra le sue. Rimangono seduti per qualche secondo in quella posizione, fin quando Franco decide di ritirare la mano. Lei ha una piccola illuminazione. Domanda:

– In frigo c'è rimasto un poco di gattò: vuoi che magari te lo scaldo?

– No, grazie, mamà. Ho lo stomaco chiuso.

Così come si era illuminata, Mela si spegne. A questo punto, lei quello che doveva dire l'ha detto, quel che poteva fare si è offerta di fare. Se nemmeno può preparargli qualcosa da mangiare, le resta solo da arrendersi al destino:

– Ora che facciamo?

– Niente. Tiriamo avanti come al solito. Se ti domanda cose, tu fai finta che non vuoi ripensare al passato. Ricordati che non gli abbiamo detto niente solo per proteggere lui. Perché era troppo piccolo.

– Va bene.

– Ancora, è piccolo. Mi raccomando.

Mela annuisce. Poi riprova:

– Sicuro non lo vuoi un poco di gattò? Due minuti, ci vogliono: te lo metto nel microonde.

Di solito, quando torna da scuola, Calò va direttamente a mangiare dalla nonna e poi rimane lì a fare i compiti. In questo modo Helena può dedicarsi a Kevin, che ormai è semovente e richiede un'attenzione costante per evitare che vada a sfracellarsi dalle scale o combini disastri.

Mela già sa che questo non sarà un pomeriggio qualsiasi. Si è preparata ad affrontare qualunque domanda, facendosi dettare le risposte coordinate da Franco. Già a prima vista Calò le sembra pensieroso. Siede scomposto a tavola e non fa l'onore che meriterebbe alla pasta con i broccoli che Mela gli ha preparato.

– Non ne hai fame?

– Non tanta.

Mela vive come un problema personale la mancanza d'appetito dei familiari. E del nipote in particolare. E oggi in particolare.

– Vuoi che ti preparo magari due uova?

– Se ti dico che non ho fame...

– Oppure posso fare...

– Non-ho-fame!

La risposta brusca di Calò è in linea con il mutamento caratteriale tipico dell'età che sta attraversando. Più, ovviamente, tutto il resto. Mela incassa senza dare peso al tono. Lascia passare qualche secondo, poi chiede:

– Devi fare molti compiti?

– Insomma... Le solite camurrie.

– Devi farli, i compiti. Lo studio è la cosa più importante...

Mela cerca di metterla sul piano della predica di buon senso, quello su cui si muove con maggior disinvoltura. Ma Calò non la ascolta, segue un filo di ragionamento tutto suo:

– ... Più che altro ti volevo chiedere una cosa.

Ecco.

– Dimmi, gioia.

– Volevo sapere di mia madre.

– Eh, tua madre, bell'armuzza...

– E pure di Enzo, l'altro tuo figlio.

– ... E pure Enzo. Che ti devo dire? Ora sono in cielo che ti proteggono da lassù...

Calò fa una smorfia che vuol dire:

– (Ancora pensi di prendermi in giro con queste storie?).

Mela tace. Il ragazzo insiste.

– Mi ha detto papà che sono morti più o meno nello stesso periodo. Ma prima lei o lui?

– Non mi ricordo.

– Ma com'è che non ti ricordi manco tu? Era tuo figlio o no?

– Quello è stato un periodo terribile, per noialtri. Tutto è successo nel giro di poco.

– Ma come, quando, perché? Io lo voglio sapere!

– Giusto. Fammi parlare stasera con tuo padre e vediamo se assieme riusciamo a ricordarci se successe prima che è morto lui o lei. Se per te è così importante, ti prometto che una qualche cosa te la diciamo. Però te lo posso dare un consiglio? Non ci pensare. Mettitele alle spalle queste brutte cose. Guarda avanti.

Calò lascia cadere la predica, si mordicchia una pellicina attorno all'unghia del pollice sinistro.

– Raccontami qualcosa di lei.

– Di tua madre? Era... sicca. Troppo magra. E difatti... Non dico che è morta per questo, ma quando diventi troppo magro succede che ti saltano tutte le cose, come si chiamano, le protezioni...

– Ma ce l'hai qualche fotografia? Almeno per sapere com'era, se mi somigliava...

– Non ti somigliava.

– Manco un poco?

– Per niente.

– Ma ce l'hai o no una fotografia?

– Le abbiamo buttate tutte quando ci siamo trasferiti.

– Ma perché? Non lo capisco.

– Meglio così, senti a me, Calò. Il passato è una brutta bestia.

– Calogero è un ragazzo sensibile.

Franco ricorda perfettamente: anche quando andava a scuola lui, e sua madre parlava con gli insegnanti, la prima cosa che dicevano era sempre quella: che era un ragazzo sensibile. E poi:

– Potrebbe fare, ma non s'impegna.

Il professore di Calò adopera lo stesso repertorio. Fin qui, tutto regolare. Poi però l'insegnante di spagnolo ha un momento d'incertezza.

– Non so se posso...

Franco si piega leggermente in avanti, come per incoraggiare la confidenza in arrivo.

– Negli ultimi tempi mi pare...

Franco si china ancora un po'.

– ... Non lo so.

Franco torna in posizione eretta. Ma il professore trova la parola che forse cercava:

– ... Strano.

– In che senso, strano?

– Ha qualcosa nel modo di fare, certi atteggiamenti...

– Nei confronti dei compagni, dei professori o...

– In generale. Nei confronti del mondo.

– Che atteggiamento ha?

– Come se... gli avessimo fatto qualcosa. Non io, non i compagni, non la scuola. Non qualcuno in particolare: il mondo. Come se il mondo intero gli avesse fatto un torto. E lui vuole fargliela pagare. È come se tenesse il muso a tutti. Ma non un muso mirato. Un muso generico. È... distruttivo. Qualsiasi idea, argomento, materia: tutto per lui fa schifo. Se un compagno studia gli fa schifo, se la squadra della scuola vince il campionato, gli fa schifo. E lo dice bello chiaro, in faccia a chiunque: mi fai schifo. L'altro giorno me l'ha detto pure a me: lei mi fa schifo.

– In che senso? In quanto professore?

– In quanto professore, in quanto adulto... Ma lo dice come se non ci fosse niente di personale. Come se, siccome il mondo intero gli fa schifo, anche i professori fanno schifo, e io ci rientro pienamente, nello schifo. Gli fa schifo il mondo in generale e le singole persone che ci vivono. E tutti devono saperlo. Ci tiene, a farlo sapere a tutti.

Franco ha ascoltato con un crescente disagio. Non vorrebbe capire, ma forse capisce:

– Ma è violento, nel modo di fare? Ha dato legnate a qualcuno?

– Violento no. Non che io sappia. Non qui a scuola, altrimenti avremmo preso dei provvedimenti. Però lei lo vede: è diventato molto alto e forte. C'è qualcosa d'intimidatorio già nel suo modo di fare, di rivolgersi agli altri...

Franco è sollevato e irritato al tempo stesso. Se non ha fatto del male a nessuno, tutte quelle sono solo chiacchiere. Calò è un ragazzo di quindici anni, a quell'età è normale che si ribellino.

– Non è che siccome è alto e forte gli possiamo dare la colpa... L'importante è che nessuno si è fatto male.

– Questo sì. Ma io non sottovaluterei il suo comportamento. Si fidi della mia esperienza. Calogero è un ragazzo problematico.

A Franco non piace quest'aggettivo. Problematico significa che ha un handicap o roba del genere. Fino a quel momento ha ascoltato con pazienza quel che il professore aveva da dirgli, ma ora basta:

– Mio figlio non è problematico. Mio figlio è un ragazzo come tutti quelli della sua età, né più né meno.

– Non volevo dire che...

– Io l'ho ascoltata fino ad ora, adesso lei non mi deve interrompere. Calogero è un ragazzino che ha sofferto. Che non è nato qui, che c'è arrivato quando già aveva un'esperienza difficile alle spalle. Lei adesso vuole giudicarlo per le parole che ha detto. E che ha detto? Mi fai schifo. Ai ragazzi oggi io sento dire di molto peggio. Per cui, mi faccia il piacere: se va male nella sua materia, me lo dica, e stasera lui mi sente. Se ha fatto del male a qualcuno, idem. Ma se dobbiamo parlare di impressioni generiche...

Franco lascia in sospeso la frase, ma ha finito. Il professore allarga le braccia:

– Io le ho detto quel che dovevo dirle. E aggiungo una cosa: al suo posto io lo farei seguire.

– Lo farebbe seguire? Che significa?

– Lo farei seguire.

A Palermo, il negozio del signor Pino è sempre quello. L'unica differenza, negli ultimi anni, è che il titolare ormai ha lasciato definitivamente il posto al figlio, che sta al bancone e serve i clienti. Il signor Pino, ormai anziano, si è ritagliato un posto appena fuori dal negozio, sotto la tenda per proteggersi dal sole, su una sedia bianca di plastica. Accanto a lui c'è un'altra sedia sulla quale a turno vanno a sedersi i clienti che vengono a chiedere un consiglio o a raccontare una storia che ritengono debba essere portata a conoscenza del signor Pino.

Lui rimane al suo posto e gli interlocutori si alternano. A gestire i turni è lui stesso, con la semplice postura che assume. Quando l'interlocutore si siede e comincia a parlare, il signor Pino si piega leggermente in avanti per ascoltare meglio. In questo modo tutto avviene sottovoce. Sottovoce parla l'interlocutore, sottovoce parla il signor Pino, se ritiene di dover fare qualche domanda o esprimere un concetto, cosa che avviene di rado. Nella maggior parte dei casi l'anziano macellaio si limita a prendere atto, al massimo, a consuntivo, si esprime con poche parole. Qualche volta è un proverbio, un modo di dire. Oppure un luogo comune, che però sulle sue labbra assume un peso specifico non indifferente.

– Siamo diventati vecchi.

– Chi mangia fa molliche.

– Non c'è peggior sordo di chi non vuol sentire.

– La meglio acqua se la bevono i porci.

I suoi clienti rimangono spesso colpiti dalle sue frasi lapidarie, e le riferiscono in giro, agli amici, per giorni e giorni, cercando di penetrarne l'enigma.

Al termine di ogni udienza, quando decide di aver sentito abbastanza, il signor Pino si rimette appoggiato alla spalliera della sedia, e l'interlocutore capisce che è arrivato il momento di prendere congedo. Pochi centimetri, qualche grado d'inclinazione del busto: sono sufficienti a dettare i tempi di ciascuna audizione. Solo di rado l'interlocutore resta più di qualche secondo, appena è chiaro che il suo tempo è scaduto. Se anche il discorso rimane in sospeso, tutti capiscono che non è il caso di insistere.

A metà mattina già una ventina di persone sono state ricevute. Nelle pause fra un ricevimento e l'altro, per non lasciare solo il signor Pino, tre o quattro amici si stringono attorno a lui, discutendo ad alta voce di argomenti di pubblico dominio: calcio, previsioni del tempo, piccoli pettegolezzi di quartiere. Si fa anche qualche accenno alla politica, ma sempre in maniera generica e con una punta di sarcasmo. Appena qualche nuovo cliente si avvicina viene lasciato aspettare per qualche minuto, il tempo che si esaurisca il discorso intrapreso dalla cerchia di amici. Poi il signor Pino fa un gesto, il cerchio si allarga fino a distanza di riservatezza, e il nuovo interlocutore viene fatto sedere.

Quando arriva un giovane vestito in maniera sportiva ma elegante, che nessuno conosce, succede proprio questo: finito il discorso, gli amici fanno largo e il giovane prende posto sulla sedia, a portata di orecchie del signor Pino.

Cominciano a parlare. Il giovane parla, il signor Pino ascolta. Ma il giovane parla troppo piano, per cui il signor Pino si piega ancora di più, per cercare di sentire meglio. E anche il giovane si china su di lui. Le loro teste sono molto vicine, praticamente si toccano. Il signor Pino fa cenno con la testa di aver finalmente capito.

È un attimo.

E l'attimo dopo una moto arriva veloce. A guidarla è un tizio che indossa il casco, come rare volte succede sulle strade del Borgo. Questo già lo rende sospetto. Si ferma davanti al negozio rombando, richiamando l'attenzione degli amici del signor Pino, perché il rombo della moto proprio in quel posto rappresenta una mancanza di riguardo. Il giovane interlocutore del signor Pino deve aver finito il consulto, si alza, pochi passi di corsa e salta pure lui in sella. Un altro rombo sfrontato e la moto riparte, sparisce dietro l'angolo.

Gli amici del signor Pino sono sbigottiti da quel trambusto e dalla fuga improvvisa. Appena la sorpresa si dissolve, l'attenzione generale torna al signor Pino, che magari ha una spiegazione e vuole commentare quell'improvvisa accelerazione che ha preso la mattinata.

Ma il signor Pino è mezzo scivolato dalla sedia, con la testa piegata all'indietro in maniera veramente assurda. E poi molto sangue sulla camicia bianca e la gola tagliata.

Ovviamente la morte del signor Pino getta l'intero Borgo nell'agitazione. Gli abitanti del quartiere non commentano, vanno a far visita al figlio del signor Pino per fare le condoglianze e scuotono la testa. Nessuno avanza ipotesi pubbliche sulle ragioni di un delitto così sensazionale. La costernazione generale è riconducibile al quesito che tutti si fanno nelle ore, nei giorni successivi al delitto, che non riguarda tanto le motivazioni del delitto in sé, ma il futuro: e ora che succederà?

Sui giornali invece qualche teoria sul movente del delitto viene lasciata affiorare. Forse è una scossa di assestamento negli equilibri di controllo del territorio. Forse è un modo per facilitare il ricambio generazionale: vecchia mafia, nuova mafia, vecchi capi, nuovi capi. Ma in definitiva: non si capisce. Qualcosa si può intuire, ma capire no.

Il figlio del signor Pino è l'erede naturale del padre, di sicuro questo è il verdetto della pubblica condoglianza. Riceve le visite in negozio. Abbraccia tutti quelli che l'abbracciano. Sussurra la parola grazie e poche altre, il minimo indispensabile. Da due giorni è al centro dell'attenzione generale e si mantiene livido, tesissimo.

Uno degli amici del padre azzarda:

– Mischino, è preso dalla botta.

Di tanto in tanto l'erede si prende una pausa dagli abbracci e va a confabulare con un piccolo gruppo di persone, che coincide con i vecchi componenti della cerchia paterna. Rimane con loro per lunghi minuti, lo sguardo rivolto a terra. Annuisce ripetutamente mentre attorno a lui i consiglieri si chinano quasi per intercettare i suoi occhi, con l'atteggiamento di chi vuole convincere, e per esserne sicuro ci tiene a parlare guardando in faccia il proprio interlocutore.

Forse per il dolore, il figlio del signor Pino sembra schiacciato dall'improvviso carico di responsabilità. Ogni tanto qualcuno torna ad abbracciarlo, gli sussurra una frase all'orecchio, e lui annuisce ancora. Non fa altro che annuire.

Da un paio di giorni due macchine della polizia stazionano notte e giorno nella piazza del Borgo. Una presenza inedita che sottolinea l'eccezionalità del momento. Andranno via nei prossimi giorni, quando la situazione sarà diventata meno elettrica: di questo nessuno dubita, nel quartiere. Ma intanto stanno lì a significare qualcosa che agli amici del signor Pino piace poco. Scuotono la testa, mandano imprecazioni a mezza bocca:

– Non ci pare brutto, in un momento del genere?

– Pure questa provocazione, dobbiamo sopportare.

– Quando se ne vanno, questi, è sempre tardi.

Poi arrivano una terza e una quarta volante. Queste si fermano proprio davanti alla macelleria. Con meno fragore della moto degli assassini, ma altrettanto scalpore: mai s'era vista una macchina della polizia sostare proprio davanti al negozio che fu del signor Pino. Da una di esse scende un funzionario in borghese, che subito si lascia circondare da quattro agenti. Appena costituita la falange, in formazione entrano nel negozio. Il funzionario chiede:

– Chi è il figlio della vittima?

Nel negozio si affollano almeno una ventina di persone. Nessuno fiata. Il figlio del signor Pino, ancor meno degli altri. Un amico del padre domanda:

– Chi lo vuole sapere?

Il funzionario per tutta risposta gli mostra un foglio:

– Anche se a lei non dovrebbe riguardare.

Mostrando il mandato a un terzo non qualificato, il funzionario vuol significare la sua intenzione di non esasperare gli animi. È lì per fare il suo lavoro, lo lascino fare quel che deve, e toglierà il disturbo appena possibile.

La piccola folla che si accalca dentro la macelleria si apre formando due ali. Al centro, improvvisamente scoperto, c'è il figlio del signor Pino:

– Che volete?

– Dovrebbe seguirci in questura.

Lui si guarda attorno, cerca consenso negli occhi degli amici di suo padre. Lo ottiene con riserva. Gli sguardi attorno a lui dicono non tanto *vai*, quanto:

– (Non possiamo fare niente per impedirlo, quindi vai).

– Tu sei giovane.

Il figlio del signor Pino è seduto al tavolo da ore. Quella frase l'ha già sentita almeno una decina di volte, assieme ad altre reiterate, alternate e pressoché invariate. Sempre le stesse domande, sempre le identiche constatazioni. Per non impazzire si è messo pure a cercare di individuare, se esiste, un ciclo preciso delle frasi che gli rivolgono a rotazione. Magari esiste una regola, un sistema, per quel buco di ossessioni dove gli pare di essere finito.

– Non sei obbligato a fare nulla che non vuoi.

Alla fine ha capito che non esiste un ciclo preciso: sono una decina fra domande, esortazioni, avvertimenti, diffide che si alternano in modalità random, tornando a tormentarlo ciascuna ogni dieci minuti, più o meno.

– Puoi scegliere. Sei nelle condizioni di scegliere.

Ha pure smesso di rispondere, rimane a guardare il piano del tavolo lasciando che le parole del magistrato che lo interroga gli scorrano addosso. In sé sono domande innocue, nemmeno aggressive, ma sente che ognuna di quelle frasi intacca una sua sfera intima, con risultati che non è in grado di valutare razionalmente.

– Che te ne importa di quel mondo?

Non gli fanno male. Nemmeno lo toccano. Il giudice non sembra il tipo, ma nemmeno i due poliziotti che lo affiancano e ogni tanto si alternano a lui nell'interrogatorio: si limitano ad assediarlo con le loro parole.

– Tu sei diverso.

In effetti non sembra nemmeno un interrogatorio. Quasi sempre gli rivolgono frasi che non hanno alla fine un punto interrogativo. Sono affermazioni. Come se non volessero sapere qualcosa da lui, ma volessero comunicare a lui cose che sanno loro.

– Lo sappiamo che non c'entri.

Il figlio del signor Pino cerca di concentrarsi sui pochi dettagli che ha sotto gli occhi. Il tavolo: è di metallo, sembra un pezzo unico, con un anello di acciaio piantato sopra che serve a fissare le manette, quando l'inquisito è in manette. A lui non le hanno messe, per esempio: non sa se per riguardo o che. Ha provato a muovere il tavolo, e risulta inchiodato al pavimento. Così pure la sedia: inamovibile. E capisce perché: in certi momenti lui vorrebbe prenderla e darla sulla testa di tutte e tre le persone che si ritrova davanti da un tempo che non riesce più a valutare.

– Lo sai che il prossimo sei tu, vero?

Non gli importa di quel che possono dirgli. Lo dicono per cercare di convincerlo. Ma esiste un mondo, fuori da quella stanza, dove ogni frase che loro gli rivolgono non ha il senso che ha lì dentro. Questa camera è una bolla, quest'interrogatorio è un teatro che finirà appena qualcuno chiuderà il sipario.

– Se fosse vivo, dopo quello che è successo, tuo padre sarebbe stato d'accordo con noi.

Pensa a suo padre. Povero padre: nessuno aveva mai osato fermare e torchiare un componente della famiglia. Non fin quando lui era vivo. Ora che è morto in quella maniera tutti si sentono in diritto di calpestare la dignità sua e della loro famiglia.

– Quel mondo è finito, non l'hai capito?

Magari sì, magari quel mondo sta crollando, e l'uccisione di suo padre è il primo muro che cade. Ma lui non ha intenzione di dare un contributo a farlo crollare. Se solo lo capissero, se smettessero con questo stillicidio di domande che gli stanno facendo un buco in testa:

– Le cose non saranno più come sono state fino a ieri.

– Devi metterti tutto alle spalle.

– Guarda avanti.

– Che te ne importa?

– Tanto quelli nemmeno li vedrai più.

Molti giorni dopo, molte domande dopo, molti interrogatori dopo, il figlio del signor Pino è ancora davanti a quel tavolo, ma ha di fronte un bicchiere d'acqua e persino una sigaretta fra le labbra. In quello che dovrebbe essere il tempio della legalità fumano tutti, e lui non sa se la licenza fa parte di una serie di privilegi riservati a lui o se semplicemente lì se ne fregano, del divieto di fumare negli uffici pubblici.

– La fornitura di carne viene concordata ogni settimana col dirigente dell'ospedale. A un certo punto ci fu un tizio, un macellaio di un altro quartiere...

– Come si chiamava?

– Non me lo ricordo. Uno di viale Strasburgo. Insomma questo tizio s'era convinto che voleva vendere la carne a tutti gli ospedali della città.

– Scavalcando tuo padre.

– Scavalcando a mio padre.

– E come finì?

– Finì che gli fecero trovare un maiale dentro la macchina.

– La carcassa di un maiale dentro la macchina?

– No, quale carcassa? Un porco vivo. Chiuso dentro la sua macchina. Che poi quello, in mezza nottata aveva fatto, giustamente, un porcile.

Il figlio del signor Pino ridacchia. Il magistrato si rivolge ai suoi collaboratori:

– Noi di questa storia sappiamo niente?

I due scuotono la testa. Il figlio del signor Pino s'incarica di rispondere per conto loro:

– Certo che non ne sapete niente. Non è che quello è stato così pazzo da denunciarla, la storia del porco in automobile.

– E che ha fatto?

– Che poteva fare? L'ha fatta lavare.

– No, dico per la fornitura all'ospedale.

– Ah! Ha rinunciato, certo. Sennò funziona che qua ogni mattina il primo che si alza comanda.

– Va bene. Anche questa è verbalizzata. Poi?

– Poi, che volete sapere?

– Finora abbiamo parlato di piccole storie, dettagli. Molte cose le sapevamo già. Se vogliamo fare il salto di qualità dobbiamo puntare a qualcosa di più sostanzioso.

– Tipo?

– Tipo i grandi delitti degli ultimi anni. I disegni, le strategie dei grandi capi...

– Ma io non...

– Non mi dire che tu non. Tuo padre non poteva non sapere.

– Mio padre, forse! Ma io?! Io tagliavo carne in negozio!

Il giudice scuote la testa. Il figlio del signor Pino si scalda:

– Non è che mi teneva al corrente di 'sti cose!

– Se la metti così, io non posso aiutarti.

Il figlio del signor Pino nelle ultime settimane ha affrontato un travaglio difficilissimo. Ha accettato di collaborare a prezzo dell'isolamento. Sa che non può contare su nessun amico fuori dal carcere, e dentro al carcere cercheranno di ammazzarlo in ogni modo. Si trova oltre la metà del guado, e adesso il traghettatore minaccia di mollarlo dove non si tocca, senza che lui sappia nuotare.

– Non è che mi potete abbandonare ora!

– A me dispiace. Ma alla luce dei fatti dobbiamo ammettere che la tua testimonianza risulta pressoché ininfluente. Non si giustificano le agevolazioni previste dalla legge.

– Ma che significa? E io? Prima mi fate fare l'infame e poi mi buttate nella munnizza?!

– Sai come si dice? Aiutati che Dio t'aiuta. Dammi un osso da spolpare. Rivelami qualcosa d'importante. Che so? Aiutami a far luce su qualche omicidio irrisolto...

– Ma io...

Il figlio del signor Pino davvero non sa molto, ma qualcosa sì.

– Di uno, forse...

– Sentiamo.

– Il delitto Montana. Marito e moglie. Una quindicina di anni fa. Vi piace il delitto Montana?

Squilla il telefono di Franco.

È un numero che non conosce. 0039. Un numero italiano. Nessuno lo chiama mai dall'Italia, e la cosa ha smesso da tempo di dispiacergli. È pure strano che qualcuno in Italia abbia il suo numero di telefono.

Risponde.

– Pronto?

La linea cade quasi subito. Franco rimane a guardare il display aspettando che succeda qualcosa, forse che il telefono squilli nuovamente. Ma non squilla. Allora armeggia un po' e va a cercare il numero in entrata. È un fisso che non gli dice niente. Lo copia e incolla su Google. Dalla ricerca non risulta niente d'interessante, a parte pubblicità che non c'entrano niente.

Franco è al lavoro, ha parecchie cose da fare. Decide di non pensarci più.

Passano dieci minuti e ci sta pensando ancora. Ogni volta che squilla il telefono, ci pensa, si precipita a rispondere immaginando che sia la persona che l'ha cercato prima. Ma niente, la telefonata non si ripete, e lui ci pensa per tutto il giorno.

La sera, prima di tornare a casa, passa a trovare la madre. Lei è contenta di vederlo, ma si accorge subito di qualcosa.

– Che hai? Mi pari strano...
– Niente.
– A me non me lo devi dire, niente. Io me ne accorgo subito se hai qualcosa che non va.
Angelo capisce che madre e figlio devono parlare in privato e si piazza davanti al televisore. Mela va al sodo:
– Che ti è successo?
– Niente. Una stupidaggine... Una telefonata.
– Di chi?
– Non lo so. Dall'Italia.
– Dall'Italia? E chi era?
– Non lo so. Ha riattaccato.
– E può essere che hanno sbagliato? Chi ce l'ha il tuo numero?
– Non lo so. Può essere qualche parente? Zii, cugini...
– Ma parente chi? Non ne abbiamo, parenti.
– Tu il mio numero non l'hai dato a nessuno? Sei in contatto con qualcuno? Qualche amica?
– Ma quando mai?
– È strano che dopo quindici anni...
– Infatti. Ma hai provato a richiamare?
– No.
Rimangono in silenzio per qualche secondo, poi Franco si decide a fare quel che avrebbe potuto fare nell'immediatezza e prende il telefono dalla tasca. Seleziona il numero fra quelli più recenti in arrivo, porta il telefono all'orecchio. Mela domanda:
– Che fa, squilla?
Franco le risponde mettendosi il dito sulle labbra.

– Sta squillando...

Dopo qualche secondo è chiaro che non risponderà nessuno. Cade la linea. Franco rimane a guardare il telefono.

– Certo che è strano...

– Certo che è strano! Vediamo se ti chiamano di nuovo.

– Stiamo a vedere. Non lo so...

– Cos'è che non sai?

– Non lo so se è meglio se mi chiamano o se non mi chiamano.

L'indomani è sabato. Di pomeriggio Franco non lavora e ne approfitta per stare coi figli. Tutti e tre stanno guardando in televisione l'anticipo del campionato di calcio: Barcellona-Malaga. Il Barcellona è la loro seconda squadra, dopo il Murcia, e sta vincendo. Kevin guarda più il padre del televisore. Al calcio è interessato fino a un certo punto.

– Noi chi siamo?

– Quelli con la maglia rossa e blu.

Viceversa Calò è molto concentrato. Calò ogni tanto sbuffa d'insofferenza per le uscite puerili di Kevin, ma per il resto l'incontro lo assorbe completamente. Ai loro piedi Palomo simula pure lui interessamento alla partita, e quando c'è un'azione coinvolgente si unisce alle grida degli umani, abbaiando un paio di volte e poi quietandosi. Ormai è un cane assennato, alle soglie della vecchiaia, poche cose lo sorprendono.

In cucina Helena sta preparando qualcosa per cena.

Suonano al campanello.

Helena grida per farsi sentire da una stanza all'altra:

– Chi può essere?

Franco di rimando, sempre urlando:

– Ci vai tu?

Helena si asciuga le mani e va.

Il Barcellona controlla, attacca, non affonda.

Franco grida ancora, senza staccare gli occhi dalla tv:

– Chi era?

Nessuna risposta.

– Chi era?

Ancora niente.

– Calò, fammi un piacere: vai a vedere se ci sono problemi.

– Eccheppalle...

– Una cosa, ti ho chiesto. Una cosa...

Calò si alza di malavoglia, va verso l'ingresso. Dopo ancora due minuti non è tornato. Franco è irritato, sta per alzarsi, fa quasi in tempo a verbalizzare la sua irritazione:

– Ma che c...

Non arriva a sollevarsi dal divano. Alla soglia del soggiorno si sono materializzati Helena e Calò, uno accanto all'altra.

– Allora?

I due non dicono niente. Alle loro spalle compaiono altre tre persone. Sono in borghese, ma Franco sa riconoscere un poliziotto in borghese, e questi sono tre poliziotti. Helena è pallida:

– Questi signori ti vogliono parlare.

Franco cerca d'istinto lo sguardo di Calò, ma non ci trova altro che smarrimento. Uno dei tre prende la parola:

– Montana Franco?

– Che volete?

– Dovrebbe venire con noi.

– E per quale motivo?

– Lei è il fratello di Montana Enzo, coniugato con...

Franco li interrompe. Non gli pare il caso di discuterne davanti a tutta la famiglia.

– Sono io.

– Dovrebbe venire con noi.

Questa stessa frase, pronunciata poco prima con massima cortesia, adesso è diventata pressante. Dietro c'è un sottinteso:

– (Non vogliamo fare scenate qui, davanti a sua moglie e ai suoi figli; per cui, per il suo stesso bene, non ci costringa).

Kevin è quello che ne ha capito meno di tutti:

– Papà, che vogliono questi signori?

– Non ti preoccupare, vado con loro e torno.

Franco si alza.

– Posso prendere qualcosa?

– Faccia.

– Sarà una cosa lunga?

– Prenda quel che le serve e faccia presto.

Va in camera da letto, e due dei poliziotti lo seguono. Prende un ricambio di biancheria, rasoio, spazzolino. Mette tutto in uno zainetto che il poliziotto controlla prima di uscire dalla stanza. Intanto il cervello di Franco trabocca di pensieri che si susseguono molto rapidamente. Prova a immaginare due, tre prospettive di breve periodo, e nessuna di queste gli piace.

Prima di andare, dà un bacio a Kevin:

– Stai tranquillo e fai il bravo, ok?

Kevin non capisce, ma per il fatto stesso di non capire, gli spunta una lacrima.

Helena sta per dire qualcosa, ma Franco la zittisce con un bacio.

– Ora vediamo che vogliono.

L'ultimo è Calò. Si guardano negli occhi per un attimo. Poi è Franco a non reggere lo sguardo, e lo abbraccia nascondendosi oltre la sua spalla.

Calò ricambia l'abbraccio, ma con meno convinzione di quanto lui stesso si sarebbe aspettato, considerato il momento.

Un istante dopo che Franco e i poliziotti sono andati via, in casa si sedimenta un silenzio imbarazzato. I due figli guardano Helena: si aspettano da lei qualche spiegazione, qualche consolazione, una speranza. Ma lei non ne ha, o nella confusione non riesce a trovarne: può solo abbracciarli forte. Kevin si abbandona all'abbraccio e trova subito una comoda collocazione sul seno materno. Calò è più impacciato e ingombrante. Da un paio d'anni almeno non possiede più la confidenza e la spontaneità che gli consentirebbero di trovarsi a proprio agio fra le braccia di un genitore: senza contare che Helena è un genitore di seconda mano. Dopo un minuto sulle spine, quando all'abbraccio cumulativo si è venuto ad aggiungere anche Palomo, Calò si sottrae e torna sul divano. La partita è andata avanti, il Barcellona ha segnato di nuovo, ma la cosa ha smesso di occupare una posizione centrale fra i pensieri del ragazzo.

Helena lascia che Kevin trovi nel suo abbraccio il conforto che vuole, lo lascia riposare lì per almeno dieci minuti. Poi si stacca, lo stacca e si ritrova la camicetta zuppa di lacrime.

– Basta piangere. Adesso dobbiamo andare a tavola.

Una qualsiasi normalità è la miglior risposta possibile al momento che stanno vivendo tutti e tre.

Helena se ne rende conto per istinto, e per questo chiede la collaborazione di entrambi i figli:

– Kevin, apparecchi tu? Così Calò mi può dare una mano a cucinare...

Calò, che normalmente farebbe un sacco di polemiche, si lascia convincere subito, abbandona la partita in tv e la segue in cucina. Adesso hanno tutti qualcosa da fare, un piccolo segmento di vita da portare avanti.

Con Kevin impegnato ad apparecchiare nell'altra stanza, Helena e Calò potrebbero parlare più liberamente, ma per qualche minuto non ne approfittano, come se volessero lasciare ancora sedimentare i fatti. Pesa soprattutto l'imbarazzo:

– Assaggia la pasta, vedi se è giusta di sale.

Calò esegue docilmente. Questa finta routine dura ancora un po'. Fin quando è lui a sollevare la questione:

– Tu lo sai perché? L'hai capito?

– Non ne so niente.

– Qualcosa che ha a che fare con il lavoro?

– Non lo possiamo sapere.

– Oppure per qualcosa del passato?

– Che vuoi che ti dica, Calò? Io ne so quanto te. Ma vedrai che entro domani si chiarisce tutto.

Calò non si esprime, continua ad affettare il pane in automatico, oltre quel che servirebbe. Helena lo guarda, cerca di capire cosa gli passa per la testa: e non lo capisce. Fin quando il pane affettato diventa veramente troppo. Helena dice:

– Basta così.

Calò continua ad affettare, pezzo dopo pezzo, senza accanimento, sistematicamente, preso da altri pensieri.

– Basta così, Calò.

Alla fine, visto che non smette di affettare, Helena gli mette con dolcezza una mano sulla mano che tiene il coltello.

– Questo pane ci basta. Portalo a tavola.

A tavola la conversazione è limitata alle comunicazioni di servizio, anche per non interferire con la rimozione di Kevin, che dopo essersi sfogato nel pianto, ha trovato conforto in un cartone animato e fissa il televisore senza mantenere, all'apparenza, nessuna memoria a breve termine.

Al momento di sparecchiare, Kevin è dispensato, va a gettarsi sul divano, e la conversazione fra Helena e Calò può riprendere:

– E ora noi che dobbiamo fare?

– Domani vediamo. Ora faccio due telefonate. Voglio sentire Angelo e l'avvocato... Non lo so.

– Almeno per sapere di che si tratta.

– E certo.

Calò non ha altro da aggiungere. Anzi, una cosa sì:

– Comunque, secondo me, è una vecchia storia.

L'indomani arriva presto, con poche ore di sonno sia per Helena sia per Calò. Kevin invece si è rifugiato nel sonno e c'è rimasto per nove ore filate.

Per tutti, aprire gli occhi significa constatare che il problema lasciato irrisolto la sera prima è ancora lì, moltiplicato da una notte intera senza notizie. Il telefono di casa è rimasto silenzioso sul comodino di Helena, con lei che di tanto in tanto controllava se ci fossero messaggi o telefonate senza risposta. Niente.

Il suono della sveglia apre una piccola vertenza familiare: Calò dà per scontato che, vista la situazione, la scuola sia esclusa. Helena ribatte:

– Proprio per questa situazione, invece, ci devi andare.

Kevin si iscrive senz'altro al partito del fratello:

– Nemmeno io, nemmeno io.

Ma Helena è irremovibile.

– Ragazzi, non facciamo capricci.

Ad argomentare è Calò:

– Non sono capricci, io voglio sapere dove hanno portato papà.

– Questo lo devo scoprire io stamattina, mentre voi siete a scuola. E al ritorno vi racconto tutto.

Calò vuole distinguere il suo ruolo da quello di Kevin.

– Ti pare che ho sette anni? Io ho il diritto di...

Helena prende Calò per un gomito e lo trascina in camera sua, lontano dalle orecchie di Kevin.

– Calò, mi devi stare a sentire. Io sono disperata. Tuo padre non so dov'è. Non so perché ieri se lo sono portato. Non so niente. Kevin è troppo piccolo per capire, ma tu no... Se vuoi darmi una mano vai a scuola, fammi questo piacere, portati tuo fratello, e lascia che al resto ci penso io.

– Se salto la scuola per un giorno non muore nessuno.

– Con voi due fra i piedi non posso fare niente.

– Allora mandiamo Kevin a scuola e io vengo con te.

Helena non alza il tono della voce, lo dice con ferma pacatezza:

– Calò, devi fare quello che ti dico.

– Non darmi ordini.

– Se non vai tu non vuole andare nemmeno tuo fratello.

– Mio fratello non m'interessa.

– Deve interessarti, invece. Primo perché è tuo fratello, secondo perché con lui a scuola io posso cercare di capire qualcosa di questa situazione.

– Primo: è mio fratello per modo di dire. Secondo: ti aiuto io a cercare di capire. Ti accompagno e...

– Che significa fratello per modo di dire?

Calò tace, ha pudore a infierire. Ma il fermo silenzio interlocutorio di Helena lo stana, costringendolo a spiegarsi:

– Che è figlio di mio padre e basta.

Helena, che fino a questo momento è stata sorretta dall'adrenalina, vacilla:

– Calò, io non ti capisco.

O meglio: quel che Helena capisce non può accettarlo. Non dopo quel che ha fatto ed è stata per lui, fin da quando era bambino. Non dopo averlo cullato quando non aveva sonno, nutrito quando era affamato, vegliato mentre era malato, giustificato quando non aveva voglia di studiare, difeso quando, almeno un paio di volte in passato, suo padre è stato sul punto di dargli un ceffone.

Calò queste cose le sa, ma le ha perse di vista perché in questo momento le sue priorità sono altre, diverse. Le risponde guardando fuori dalla finestra:

– Io da te non prendo ordini.

Poi, siccome Helena è ammutolita ma dà ancora segni di vita, la finisce con tutta la crudeltà dell'adolescenza:

– Tu non sei mia madre.

Alla fine Calò esce di casa sbattendo la porta, lasciando Helena a cavarsela con Kevin e con tutta quella storia. Non ha con sé i libri perché sa in partenza che a scuola non ci andrà.

Per cominciare va in un bar per schiarirsi le idee. Un piccolo bar anonimo non distante da casa. Lo sceglie anche perché sa che a disposizione della clientela c'è una copia di «El Faro», il quotidiano locale. Calò se lo porta al tavolo e comincia a leggere intanto che aspetta gli portino il caffè che ha ordinato.

Essere seduto al bar, con il giornale fra le mani, aspettando di essere servito, gli conferisce una sicurezza che serve a rasserenarlo dopo la discussione con Helena, che ha trasceso le sue intenzioni. Non ce l'aveva, non ce l'ha con lei. Ma in questo momento la seconda madre è un intralcio fra lui e la verità, quindi fra lui e la vita. E sua ferma convinzione è che ogni ostacolo vada tolto di mezzo.

Il cameriere arriva e gli mette il caffè sul tavolo con malagrazia, contrariato dal fatto di dover servire un palese minorenne. Vuole anche essere pagato in anticipo: non si fida. Calò lo accontenta e non fa caso alla qualità del servizio perché è impegnato a consultare le pagine della cronaca locale. Un incidente sul lavoro, piccoli furti, un politico locale finito sotto processo per corruzione: piccolo cabotaggio di provincia. Niente che riguardi l'arresto di suo padre. D'altronde sarebbe ben strano, visto che lo hanno portato via da casa solo ieri a ora di cena, quando probabilmente il giornale era già stato confezionato.

Finisce il caffè lasciandosi trascinare dai pensieri. Ogni supposizione lo conquista per pochi minuti, poi abdica a favore di una teoria ancora più azzardata. E tutta questa mole di immaginazione finisce nel nulla, perché senza riscontri Calò può solo lavorare di fantasia.

Un tarlo che gli trafora il cervello e riguarda il suo rapporto col padre. Con Franco ha sempre avuto un bel rapporto, diretto, senza smancerie ma affettuoso, anche fisicamente, almeno fin quando lui ha attraversato l'infanzia. Ma adesso gli sembra, a fronte di tanto affetto, di aver trascurato in passato le occasioni che potevano aiutarlo a capire meglio un sacco di cose, tutte le cose che adesso vorrebbe sapere. Dopo aver decifrato suo padre forse gli sarebbe stato più facile capire se stesso. Adesso che lui non c'è, e non ci sarà chissà fino a quando, Calò rimpiange di non essere stato più pressante con certe domande sulle vecchie storie di famiglia. Spera di avere l'occasione per rimediare, e si ripromette stavolta di non lasciarsela scappare.

Gli sguardi del cameriere, dopo un'ora che è seduto, gli fanno capire che il prezzo del caffè è servito a pagare anche la lettura del giornale, ma non l'occupazione a oltranza di un tavolino. Sebbene non ci siano molti altri clienti, intuisce di non essere più bene accetto, per cui si alza e va via.

Passeggia per le vie del centro di Murcia senza una meta in particolare. Fa una sosta su un prato del giardino pubblico che costeggia Alameda de Colón. È una discreta giornata, sul prato c'è altra gente, soprattutto coppie e gruppetti che cercano il sole per esporgli parti variabili del loro corpo. Chiacchierano, ridono, leggono. Una comitiva si stringe attorno a un suonatore di bongo che suona con gli occhi chiusi e molta convinzione. Ma per quanto si sforzi di mimetizzarsi nella spensieratezza delle persone che lo circondano, Calò rimane inquieto.

Dopo nemmeno un quarto d'ora si alza di scatto e punta verso un internet point. Ammette con se stesso di non essere lucido: doveva pensarci prima. Conquistata una postazione, circondato da extracomunitari che chiacchierano via Skype con l'altra parte del mondo, riesce a isolarsi mentalmente. Apre una pagina di Google e digita le parole che gli sembrano più indicate: *Franco, Montana, arresto, Murcia.* Dopo un'esitazione aggiunge: *Sicilia.*

Le prime occorrenze sono già utili. Calò clicca sul sito di «El Faro», che gli sembra più familiare, e trova subito quel che cerca.

Troppa concitazione, troppe notizie improvvisamente lo assalgono dallo schermo. Vorrebbe leggere con ordine, mantenendo la calma, ma non ce la fa. Al suo cervello arriva l'assalto di singole parole, frasi alla rinfusa che Calò all'inizio stenta a collegare fra loro, e tutte quante alla vicenda che lo riguarda personalmente.

Emigrato, Palermo, omicidio, arrestato, estradizione, fratello, cognata.

E poi ancora: figlio, bambino, nipote.

La cosa veramente assurda, la più assurda di tutte, è che è di lui che stanno parlando. Della sua vita. Di quella che credeva fosse la sua vita. Nell'articolo c'è tutto, ricostruito per filo e per segno. Ora sta a lui decidere se crederci o no.

Helena, Mela e Angelo sono a casa di questi ultimi. Helena in piedi che racconta, i padroni di casa seduti al tavolo, ad ascoltare la ripetizione di quel che già sanno dalla sera prima, facendo domande di cui conoscono le risposte. Mela chiede:

– Hanno detto dove lo portavano?

– Credo alla Guardia Civil, non so dove, precisamente.

– L'avvocato che dice?

– Dice che sono cose vecchie. Cose di quando abitavate in Sicilia. Tu ne sai niente?

Mela ignora la domanda, si rivolge al marito:

– Ci puoi parlare tu, con quest'avvocato? Che fra maschi vi capite meglio. Se non altro per sapere dove lo tengono, che vogliono, che dicono...

Angelo va nell'altra stanza a telefonare. Le due donne rimangono da sole. Helena esita, ma poi entra in argomento:

– Ho visto le notizie su internet.

– E che dicono, le notizie su internet?

Il tono di Mela è prevenuto. Intende dire:

– (Che ne sanno questi signori di internet? Come possono saperne? Ma anche: che ne possono capire delle cose di Sicilia?).

– Raccontano cose di suo fratello, della moglie... Cose assurde.

– E tu lasciali parlare.

– Ma tu ne sai niente?

– Che devo sapere? Sono cose vecchie.

– Lo so che sono vecchie, ma pure gravi.

– Erano tempi diversi, cerca di non pensarci.

– Ma sono vere o no? E se sono vere, come faccio a non pensarci? Tu non ci pensi?

– Io che ne so? Come posso saperle, cose del genere?

– Sono figli tuoi. Tutti e due. E la moglie...

– Lasciala stare, a quella. Lei è stata la causa di tutto.

– Allora è vero?

– Non lo so. Sono cose che non ho mai voluto sapere. So che avevo due figli, e ora uno solo. Anzi, forse manco più quello, che se lo sono portato in carcere.

– E Calò? Calò così lo deve scoprire di chi è figlio?

– Di chi è ch'è figlio? È figlio di chi l'ha cresciuto. Di Franco, mio e tuo.

Helena comincia a realizzare. Da quel che negli anni ha capito della sua famiglia acquisita c'è la tendenza a girare attorno agli argomenti senza mai affrontarli di petto. I pochi elementi che possiede, assieme alla smentita-non-smentita della suocera, le bastano a farsi un quadro complessivo. Un quadro che la atterrisce.

– Dovevate dirmelo.

– Perché, se lo sapevi che facevi? Come lo risolvevi il problema? Ti davamo un peso e basta.

– Tu sapevi tutto.

Mela si alza appoggiandosi al tavolo con entrambe le mani:

– Io non sapevo niente e non so niente. Certe cose me le posso immaginare, ma non lo so se sono vere. Franco non mi ha mai detto niente, e io niente voglio sapere. Io lo rispetto, mio figlio.

Quest'ultima frase ha anche un risvolto insolente che Helena coglie, seppure di sfuggita, in mezzo a quell'inondazione di pessime notizie: intende dire che lei, in quanto moglie, dovrebbe avere altrettanto rispetto per la riservatezza di Franco. Helena scuote la testa. La logica di Mela le pare inaccettabile, eppure lei stessa ha vissuto in parallelo con quella logica per tutti gli anni che ha trascorso all'interno della loro famiglia. Solo adesso che le viene sbattuta in faccia deve farci i conti, e non si sente pronta. Ogni elemento in più contribuisce a frastornarla. Mela sembra possedere invece una lucidità invidiabile:

– Parliamo di cose concrete, piuttosto. I bambini?

– Kevin è ancora a scuola. Calò è uscito stamattina e non è più tornato.

– Avete litigato? Che gli hai detto?

– Ma niente, ancora non sapevo niente. Eravamo nervosi.

– Avete litigato?

Helena annuisce. Mela fa un verso con la bocca, è contrariata.

– Non lo dovevi fare uscire. Ora chissà dov'è, che cosa ha saputo. E da chi.

Helena è spiazzata all'idea di trovarsi dalla parte del torto, in tutta questa situazione. Non può accettare che adesso se Calò è in fuga sia colpa di lei che non l'ha trattenuto.

– È più grande e grosso di me. Mi ha detto che non sono sua madre e quindi non posso dargli ordini. E ancora non sapeva niente.

– Lui non sa niente. Non sapeva e non sa. Non si rende conto.

Helena deve andare a prendere Kevin all'uscita di scuola, lascia Mela ai suoi pensieri. Angelo le mette una mano sulla spalla, e tanto basta. In una situazione del genere le parole servono solo in punto di fatto, inutile sprecarle per commenti:

– Ho parlato con l'avvocato. Dice di andarci subito.

– E Franco?

– Franco per ora è in isolamento. L'ha visto. Dice che sta bene, compatibilmente...

– Eh, compatibilmente. Dall'avvocato ci vai tu, per piacere? Io non me la sento di uscire.

– Stai qua, ci penso io.

Angelo si prepara ed esce nel giro di poco. Mela si mette a sfaccendare per casa. Tutto è pulito e ordinato, ma lei pulisce e ordina ancora, per tenersi occupata e dare uno sfogo ai pensieri. Era riuscita a sottrarsi per quindici anni, a quei pensieri. Immaginava di averli seminati per sempre, ed ecco che invece i pensieri l'hanno raggiunta. Stavolta non è facile riuscire a sbarazzarsene perché hanno preso consistenza, possiedono una dimensione pubblica difficile da fronteggiare. Prima si trattava di una lotta fra lei e il passato, cioè fra lei e lei stessa, senza altri contendenti o implicazioni.

Adesso c'è il mondo intero che assiste, parteggia, giudica, condanna. Impossibile fare finta di niente.

Mentre Mela dà un'ennesima passata di spugna al lavandino, bussano alla porta.

Apre. È Calò.

– Qua sei? Tua madre ti sta cercando...

Lo fa entrare e intanto cerca di decifrarne lo stato d'animo. Il ragazzo sembra frastornato. Non furioso come Mela poteva immaginare: confuso.

– Hai mangiato? Vuoi che ti preparo un qualche cosa?

– Lascia stare, nonna. Non sono venuto per mangiare.

Fa una pausa, cercando le parole e aspettando che sia magari la nonna a parlare spontaneamente. Ma lei tace, quindi Calò viene allo scoperto:

– Ora mi devi dire tutto.

– Piccolo mio, ma che ti devo dire?

– Lascia stare il Piccolo Mio. Tutto, mi devi dire. Tutto.

– Noi ti abbiamo cresciuto meglio che potevamo...

– Nonna, non cambiare discorso. Dimmi come stanno le cose. Queste che dicono sono tutte minchiate, sì o no?

Mela all'improvviso capisce: Calò non vuole sapere la verità. Vuole essere confortato nelle sue idee, convinzioni o speranze che siano. Sente il terreno mancargli sotto i piedi ed è venuto da lei per farsi dire che i suoi punti fermi, quelli su cui ha basato l'esistenza fino a ieri, sono ancora saldi. Capito questo, Mela sa come regolarsi:

– Tu non li devi stare a sentire. Tuo padre ti adora, e te l'ha dimostrato in tutti questi anni. Mi ricordo quand'eri picciriddo...

– Ma lo sai cosa dicono?

– Manco le voglio sapere, le minchiate che dicono. I giornali sono munnizza. La polizia gli fa scrivere quello che vuole. Quelli scrivono, fanno danno, e nessuno gliela fa pagare.

– Che merde...

– Hai ragione, vieni qua, sfogati.

– Scusa, può essere mai che uno ammazza suo fratello, e poi...

– Ma certo!

– Io non lo capisco come si sono convinti di una cosa del genere.

– Sono sbirri, Calò. Il loro lavoro è rovinare la vita delle persone. Fortuna che noi siamo una famiglia unita. Facciamoci forza fra di noialtri, Calò. Vieni, vieni...

Mela allarga le braccia e Calò va a rifugiarsi nel suo abbraccio. Un gesto dimenticato da anni, sacrificato in nome dell'adolescenza scontrosa. Il ragazzo si abbandona come se fosse tornato bambino. Per un attimo la stessa Mela immagina che lo svelamento della storia può servire a rinsaldare l'affetto che c'è fra loro, o almeno a confermare a Calò che può fare affidamento su di lei, sulla famiglia. Questo conta ora, e lui deve saperlo con certezza. La sua famiglia è ancora quella che ha sempre creduto.

Alla fine Calò accetta che la nonna gli prepari da mangiare e dopo pranzo va a stendersi sul letto matrimoniale, addormentandosi. Mela verifica che nulla possa turbare il sonno del nipote, accosta le tende, gli mette una copertina sulle gambe e chiude la porta della camera da letto. Dopodiché telefona a Helena, che nel frattempo è impazzita cercando di scoprire dove era andato a finire Calò:

– È qui da me, sta dormendo.

– Meno male. Come sta? Che gli hai detto?

– Sta bene, poi ne parliamo.

– Ma come...

– Poi ne parliamo. Intanto stai tranquilla e rimani con il piccolo, che a lui ci penso io.

Calò dorme a lungo. Di tanto in tanto Mela va a sbirciare e lo trova sempre nella stessa posizione. A pomeriggio inoltrato, mentre lei e Angelo stanno guardando la televisione, il ragazzo riemerge dalla camera da letto, ancora mezzo addormentato. Angelo abbassa il volume del televisore.

– Hai dormito bene?

Calò si stropiccia gli occhi:

– Che state vedendo?

– Niente, una trasmissione qualsiasi. Vieni a sederti qua.

Calò si piazza in mezzo a loro due.

– Cosa vuoi vedere?

– Non lo so, cosa c'è?

Angelo gli mette in mano il telecomando, e lui comincia a scorrere un canale dopo l'altro, fin quando trova non sa nemmeno lui che partita e si ferma su quella. I due anziani si adeguano, anzi fingono interesse per l'incontro. Lasciano che Calò si faccia ipnotizzare dal calcio e sorvegliano che non ci siano interferenze. A un certo punto Mela propone una merenda:

– Vuoi che ti faccio un poco di pane e olio?

Calò non risponde. Interviene Angelo:

– Sta vedendo la partita...

– Eh, glielo porto io.

– Ma si vede che fame non ne ha.

– Magari fa complimenti... Calò, che dici? Lo vuoi un poco di pane coll'olio? Non è che fai complimenti?

– ...

– Lo vedi? È concentrato sulla partita. Non lo disturbiamo.

Rimangono tutti e tre a guardare la televisione, senza sentire il bisogno di dire altro per un po'.

Di tanto in tanto, senza darlo a vedere, Mela lancia uno sguardo di sottecchi al nipote, per cercare di scrutarne l'umore. I risultati sono scarsi, perché la partita in tv sembra assorbirlo completamente. Fin quando è lui stesso a uscire dallo stato catatonico:

– Notizie di papà?

Mela cerca di rassicurarlo:

– Tutto a posto. Non lo possiamo vedere, per ora. Ma l'avvocato dice che è tutto un equivoco.

– Meno male.

– Eh sì...

Mela rimane in attesa che Calò dica ancora qualcosa, ma l'argomento del giorno sembra esaurito, almeno per il momento. Quando riapre bocca, il ragazzo sta pensando ad altro:

– Come finì col pane e olio?

Mela si illumina e schizza dal divano per andarglielo a preparare. Ci mette pure l'origano e due gocce di limone, come piace a lui.

Dopo tre giorni arriva il permesso di fare visita a Franco in carcere. A portare la notizia è l'avvocato, che insiste perché all'incontro sia presente pure Kevin. Helena ha qualche perplessità:

– Mi pare troppo piccolo.

– Suo marito ha insistito perché ci fosse pure lui.

– E Calogero? Che ha detto di Calogero?

L'avvocato esita:

– Forse lui è meglio evitare.

– Evitiamo.

– Meglio.

Lui stesso li accompagna per la trafila dei controlli, sportello dopo sportello, cancello dopo cancello. Helena parla continuamente con Kevin nel tentativo di rassicurarlo.

– Ora andiamo a trovare papà in questo posto dove è venuto a stare per un poco... Sei contento?

Kevin non sembra aver consapevolezza del luogo in cui si trova, o non gli sembra importante stabilirlo. Giochicchia, scherza. L'unico sintomo forse: non molla mai la mano della mamma.

L'avvocato si ferma davanti all'ultima porta blindata, li lascia entrare da soli. Non prima però di averla avvertita:

– Inutile parlare della storia in sé. Per non sbagliare parlate di voi, tenetevi sul generico. Non si sa mai: magari qualcuno ascolta quello che vi dite.

Helena prende atto ed entra, sempre tenendo per mano il bambino.

Franco è già lì. Indossa jeans e maglietta bianca, niente divisa. Helena è sollevata, perché temeva che vedere il padre vestito da carcerato potesse traumatizzare Kevin, che dal canto suo continua a sembrare sereno.

Una guardia carceraria li accompagna fin dentro e detta le regole:

– Nessun contatto fra voi. Nemmeno col bambino. Ognuno resti dalla sua parte del tavolo. Quindici minuti.

Si siedono. Franco si rivolge al figlio, che si è arrampicato sulle ginocchia della mamma:

– Kevin! Sei contento di vedere papà?

Kevin fa una smorfia, nasconde la faccia dietro le spalle di Helena.

– Kevin! Kevin!

Lei cerca di stanarlo:

– Kevin, manda un bacio a papà.

Dopo qualche insistenza, il bambino si convince a mandare un bacio a distanza, accompagnandolo con un gesto della mano. Il padre ricambia. Poi ottiene il giochino elettronico che la madre ha portato strategicamente in borsa e si concentra su quello, lasciando i due genitori liberi di parlare. Liberi fino a un certo punto:

– Come va?

– Insomma.
– Ti trattano bene?
– Insomma.
– Che ti hanno detto?
– Me ne hanno dette tante... Con l'avvocato ci hai parlato?
– Eh, dice di stare tranquilli.
– E che possiamo fare?
Segue una lunga pausa durante la quale entrambi misurano le parole da dire.
– Calò?
– È da tua madre.
– Come l'ha presa?
– Non si capisce. Sul momento male, ma non malissimo. Ora a quanto pare si è convinto che non è vero niente. Speriamo...
– Devi parlarci. Gli devi fare capire che gli vogliamo bene.
– Lo sa, lo sa. Ma non è facile.
– Lo capisco che non è facile. Pensa come mi sento io.
Helena sta per dire qualcosa. Esita:
– Ma...
Esita ancora:
– Tu... che mi dici?
– Di che?
– Di tutte 'ste cose che dicono e che scrivono...
Kevin sta giocando, ma non c'è da sperare che sia del tutto distratto. Né dimenticano che probabilmente c'è qualcun altro che sta ascoltando i loro discorsi. Franco risponde secondo copione.

– È tutto falso.

– Tutto...

– ... Falso. Tu devi credere a me. Mi credi?

Helena abbassa gli occhi.

– Ti credo. Ti credo.

Dove il primo *ti credo* significa *ti credo*, il secondo *ti credo* significa *ti voglio credere*.

Col passare dei giorni Helena e i ragazzi hanno faticosamente ricostruito una normalità familiare. Dell'assenza di Franco, per convenzione, nessuno parla. Calò, in particolare, si è rifugiato in una bolla individuale dalla quale è difficile stanarlo. Cosa veramente gli passi per la testa non si sa. Helena si sforza di essere affettuosa specialmente con lui, anche a scapito di Kevin, che essendo più piccolo reclama molta attenzione, tanto più in un frangente come questo. Ma, con tutto l'affetto, Helena non se la sente di entrare nel merito della grande questione che in questi giorni agita Calò. Non saprebbe che dire, cosa spiegare, e come. Non è lei ad avere risposte per i suoi dubbi. Perché i dubbi restano: malgrado tutte le rassicurazioni di Mela, le poche che anche Helena ha cercato di mettere assieme, Calò col passare dei giorni ha continuato a cercare notizie su internet. E quel che legge non lo aiuta a rimuovere il sospetto.

Calò trascorre molto tempo davanti alla televisione, con Palomo accanto. Partite di calcio, ma anche cartoni animati, film, telefilm. È onnivoro. Helena di tanto in tanto ci prova:

– Calò, vieni a tavola che è pronto.

Dopo che il richiamo viene ripetuto due o tre volte, finalmente il ragazzo risponde a mezza voce:

– Non ho fame.

Alla fine Helena gli porta il piatto davanti alla televisione, dove Calò mangia come suo consueto. Lei rimane anche per qualche secondo a guardare lo schermo, alla ricerca di qualcosa da dire, ma alla fine preferisce restare zitta e tornare in cucina.

Finito di mangiare, Kevin va a sedersi accanto al fratello per condividere un po' di televisione. In quel momento stanno trasmettendo un quiz di quelli in cui la domanda è facile, la risposta multipla, e il concorrente ci mette mezz'ora per rispondere, in mezzo a mille false incertezze. A quanto pare Calò lo trova interessante, o almeno ipnotico, perché è da un po' che non cambia canale. Kevin ci prova:

– Ti interessa?

– ...

– Che palle...

– ...

– Vediamo se c'è qualcos'altro?

Siccome il fratello non gli risponde, il piccolo prende il telecomando e cambia canale. Calò, che sembrava catatonico, scatta improvvisamente e afferra il polso di Kevin.

– Ahi, mi fai male!

Calò lascia che trascorra qualche secondo di sola violenza fisica, poi scandisce:

– Non devi toccare il telecomando.

Palomo si mette ad abbaiare. Sentendo il trambusto, Helena accorre quando il polso di Kevin è ancora ostaggio del fratello, che non sembra avere intenzione di mollare. Una piccola torsione e Calò potrebbe spezzargli il braccio.

– Lascia! Lascia!

Kevin piagnucola, Helena prova a staccare le dita una per una, con scarsi risultati. C'è una vena sul collo che gli si è gonfiata, una vena che Helena non aveva mai visto. La tensione dura a lungo, poi d'un tratto Calò molla la presa, Kevin prende a massaggiarsi il polso ed Helena si lancia su Calò in maniera scomposta, cercando di dargli almeno uno schiaffo, anche a costo di prenderne tanti. Il ragazzo in un primo momento si limita a parare i colpi, e con una certa facilità. Ma poi sembra esaltato all'idea di aver trovato un avversario di livello, un adulto, un familiare, una donna, qualcuno che per convenzione civile sarebbe ignobile picchiare. Nel giro di pochi momenti l'ebbrezza prevale, e Calò risponde all'aggressione mettendoci tutta la forza che possiede. Basta una spinta ed Helena è a terra, con Calò che le è subito addosso. Il cane continua ad abbaiare, impotente come Kevin che cerca di separarli. Calò ora è saldamente su Helena, la afferra per il collo con due mani e comincia a stringere. Finora, nella concitazione, le grida di tutti e l'abbaiare del cane hanno riempito l'appartamento, ma adesso c'è silenzio. Lei vorrebbe urlare ma non riesce. Le dita di Calò stringono ancora più forte, le manca il fiato. Nel giro di una decina di secondi diventa cianotica. Scalcia, ma non c'è niente che possa fare per sottrarsi.

Poi, da un momento all'altro, così come ha cominciato, Calò smette. Allenta la presa, si alza con calma e torna davanti al televisore.

Helena rimane per terra massaggiandosi il collo, con Kevin che piangendo va a consolarla.

Helena si riprende e va in camera, seguita da Kevin. Comincia a tirare fuori vestiti dall'armadio, li mette dentro un paio di valigie. Kevin domanda:

– Che fai mamma?

– Preparo le valigie.

– Parti?

– Partiamo. Anzi, aiutami. Prendi un po' di vestiti tuoi.

– Calò ti ha fatto male?

Helena non risponde, continua a sistemare i vestiti con molta determinazione ma poca lucidità.

– Hai sentito che ti ho detto? Vai nella tua stanza e prendi un po' di vestiti. Non dimenticare calze e mutande.

Kevin finalmente va, passando dal soggiorno dove Calò rimane imperterrito davanti al televisore. Helena è agitata. Sbaglia un paio di scelte, deve tirare fuori roba e risistemarla dentro il bagaglio. Kevin arriva con un mucchio di vestiti in braccio, tutti spiegazzati.

– Vieni, mettili sul letto che ci penso io.

Quando lei ha quasi finito, sulla porta appare Calò:

– Che stai facendo?

Helena non risponde. Si sforza anche di non guardarlo. Il ragazzo insiste:

– Dove state andando?

Helena finisce di riempirle e chiude le valigie. Calò la osserva:

– Non ti ho fatto niente.

Helena prende i bagagli:

– Vieni, Kevin.

Ma per consentirle di uscire dalla stanza Calò dovrebbe spostarsi, e non lo fa. Helena lo fronteggia, finge di non aver paura.

– Fammi passare.

– Non ti ho fatto niente.

Helena sta per aprire bocca, quando Calò si toglie di mezzo e la lascia passare.

Lei esce da casa senza voltarsi. Calò si limita a osservarla andare via con Kevin che le trotterella dietro e prima di uscire si volta per lanciare un ultimo sguardo al fratello.

Appena in strada Helena sistema le valigie nel bagagliaio, sale in macchina e fa cento metri, il tempo di girare l'angolo. Si ferma. Tira fuori il telefono, compone il numero di Mela, e appena lei risponde cerca di riassumerle la situazione:

– Calò è uscito pazzo. Io sto andando via.

– Che è successo?

– Ce ne stiamo andando.

– Ma dove, perché?

– Non lo so.

E chiude. Non è il tipo di persona che abbandona la famiglia in difficoltà, ma dopo l'aggressione di Calò sente il dovere di proteggere se stessa e Kevin, e l'unica soluzione le pare questa: sparire.

Calò a questo punto è padrone di tutta la casa. È chiaro che Helena non tornerà a breve, e tanto meno suo padre o quel che è. Dopo un primo momento di panico, decide che questa nuova situazione non gli dispiace. Può fare quel che vuole, come vuole, quando vuole. L'unico spettatore della sua nuova libertà è Palomo, che lo osserva da un po' con occhi nuovi, incuriosito dalla modalità indipendente del padroncino che pensava di conoscere così bene. E invece.

Sempre seguito dal cane, Calò si muove nella casa assaporando questa nuova sensazione di padronanza. Si siede sul letto della stanza dei suoi, saggia il materasso e decide di sdraiarsi mettendo le scarpe sulla coperta. Così gli sembra di rilassarsi ma si annoia subito e torna ad aggirarsi per la stanza. Fruga nel cassetto del comodino senza trovare niente d'interessante e lo lascia aperto. Si alza, apre l'armadio, lascia aperto anche quello.

In cucina c'è una piccola riserva di vini che Franco tiene da parte per aprirli un po' per volta, di solito la domenica o per le occasioni particolari. Sceglie un *crianza* e lo apre di malagrazia, prendendo il primo sorso direttamente dal collo della bottiglia.

Fa una smorfia, perché il vino non gli piace particolarmente; però gli piace la sensazione di poterlo bere senza che nessuno gli muova contestazioni.

Si porta dietro la bottiglia fino al divano, dove si getta a corpo morto, mettendo i piedi sul tavolino: altra cosa proibitissima, che gode all'idea di poter fare. Il televisore è rimasto acceso per tutto il tempo, spettatore impassibile del cambio radicale avvenuto in famiglia nel giro di mezz'ora, anche meno. Adesso trasmette pubblicità. Calò cambia canale più volte, senza trovare niente che lo attragga abbastanza. Rimane lì a guardare neppure lui saprebbe dire cosa, prendendo un sorso dalla bottiglia di tanto in tanto e asciugandosi le labbra col dorso della mano, gesto che gli piace moltissimo.

Ma è inquieto. Decide che ha fame. Va in cucina e fruga nel frigorifero tirando fuori un po' di roba. Alla fine trova due hamburger nel surgelatore e decide per quelli. Mette una padella sul fuoco e ci piazza sopra i due hamburger. Intanto che si cuociono prende un altro sorso di vino e recupera piatto e forchetta che gli serviranno fra un po'. Con la forchetta cerca di girare gli hamburger per farli cuocere anche dall'altro lato, ma scopre che si sono appiccicati al fondo della padella. Forse doveva farla scaldare meglio, o prima doveva mettere dell'olio. Sta di fatto che adesso per cercare di staccarli dalla padella li sta distruggendo. Magari bisogna infilare la punta della forchetta sotto e fare leva. Prova, ma ci mette troppa foga: l'hamburger vola via dalla padella e finisce sul pavimento.

Calò è contrariato. Oltretutto sul fondo è rimasta appiccicata una buona metà della carne, che ormai risulta carbonizzata. Con la forchetta cerca di raschiarla via, ottenendo l'unico risultato di graffiare la superficie della padella. Si innervosisce. Comincia a graffiare la padella con sempre maggiore violenza. Poi l'afferra per il manico, la solleva e la sbatte sulla superficie dei fornelli, facendo volare via anche l'altro hamburger.

La padella è un bell'oggetto da impugnare come clava: è pesante e consistente, sembra indistruttibile. Calò la usa per assestare un paio di colpi che fanno saltare via una manopola e la guarnizione dei fuochi. Funziona. Allora l'adopera per colpire qualcos'altro: il forno a microonde, il tostapane, un paio di piatti che volano giù dal piano della cucina, finendo a pezzi sul pavimento. Veramente: funziona benissimo. Quindi passa a distruggere tutto quel che trova a portata di mano, sul tavolo, sui ripiani e sugli scaffali della cucina. Sbatte la padella ovunque, scheggiando sportelli e spaccando suppellettili. La sua arma improvvisata risulta essere molto più resistente di molte cose che si trovano in giro per la casa, visto che, dopo aver distrutto ciò che poteva in cucina, passa in soggiorno, facendo a pezzi quello che fino a poco prima rappresentava il paesaggio naturale della sua vita: il vaso di cristallo dove Helena metteva i fiori, le vetrine del comò con tutte le statuine di porcellana che c'erano in esposizione, le bottiglie di amaro e superalcolici disposte su un carrello. Mentre lui lascia che la furia faccia il suo corso, Palomo gli sta dietro, abbaiando come se anche lui fosse preso da una forma di entusiasmo da devastazione, addirittura dispiaciuto di non poter dare una mano.

La foga procura a Calò una forma di spensierata esaltazione: non si ferma più, anzi passa anche alle altre stanze. Fa a pezzi specchi e ripiani di vetro, spazza via tutti gli oggetti che si trovano in vista, poi tira fuori i cassetti uno per uno e si accanisce sulle cose che c'erano conservate dentro. Gli dura almeno una ventina di minuti, poi, al culmine dell'esaltazione, torna in soggiorno e colpisce con la padella lo schermo del televisore. Una, due, tre volte, fin quando si spacca. Questa gli pare una degna conclusione: va nella stanza di Kevin e cade sfinito sul letto del fratello, appagato e disperato al tempo stesso.

Alla fine, in tutta la casa non c'è quasi un oggetto che sia sopravvissuto alla furia, e questa è una piccola consolazione che gli consente di addormentarsi senza memoria di nulla.

Dorme molto. Non se lo sarebbe aspettato, viste le circostanze. Un sonno senza sogni, una trincea dove sprofonda per non farsi raggiungere dal nemico. Un buco dove rimanere al sicuro per un po'. Non importa quanto fragile possa essere il rifugio: magari al risveglio il nemico, così come è venuto, ha deciso di andare via.

O magari no.

Al risveglio Calò si ritrova circondato dalla devastazione. Unico conforto, il pensiero che nessuno oserà contestargli nulla. La casa in rovina è complemento della sua famiglia in rovina, che a sua volta è complemento della sua vita in rovina. Mai come adesso Calò è stato signore e padrone della propria esistenza: padrone di macerie, però.

Ma ecco perché si è svegliato: qualcuno sta bussando alla porta, chissà da quanto tempo. Si fa strada fra gli oggetti in frantumi, sempre seguito dal cane che lo ha vegliato per tutto il tempo. Prima di aprire, guarda dallo spioncino. È Angelo. Nella sua scala personale del risentimento, Angelo si trova in posizione defilata, preceduto da tutta la parentela diretta. In fondo lui è solo una specie di nonno acquisito, che probabilmente non sapeva nulla di quel che è successo in Sicilia. È successo o non è successo: ancora Calò non ha deciso. Sa solo, con certezza, che per tutti quegli anni la famiglia l'ha preso in giro. Si tratta ora di stabilire in che misura l'ha preso in giro: e magari Angelo può aiutarlo a capire.

A lui può aprire. Prima però posa la padella che ha usato come randello per distruggere la casa, che istintivamente, alzandosi dal letto, ha impugnato per andare alla porta.

Apre.

Angelo sembra sul momento sollevato all'idea di averlo trovato in casa, ma poi si accorge del disastro che ha combinato. Palomo abbaia un paio di volte: non per ostilità, ma per dare il benvenuto a un altro essere umano che magari può aiutare a sistemare quel che persino a un cane deve sembrare fuori posto.

– Vuoi entrare?

Angelo entra e si ferma a constatare il danno.

– Che è successo?

– Non ti preoccupare. Un incidente.

– Ma...

Calò intuisce che se la mette sul piano delle spiegazioni, è destinato a soccombere. Non deve dare spiegazioni. Deve riceverne, semmai. Quel che gli serve è una strategia d'attacco.

– Fatti miei. Che sei venuto a fare? Mamma non c'è.

– Lo so, ha telefonato... Con tua nonna eravamo preoccupati.

– Eccomi. Sono qua. Ancora vivo.

– Ma come stai?

Con Angelo c'è una dimestichezza tale per cui Calò può permettersi di essere diretto:

– Starò meglio quando qualcuno la smetterà di raccontarmi minchiate e mi dirà come stanno le cose.

– Calò, devi capire che le cose certe volte sono più complicate di come sembrano...

– Ma io non so nemmeno le cose come sembrano! Non so niente. Nessuno mi dice niente. Nessuno mi spiega. Io chi sono? Chi è mio padre? È quello che credevo? O è un'altra persona? E quella persona chi è? È stata ammazzata? Chi l'ha ammazzata? Ora scopro che a quanto pare la persona che finora credevo mio padre è quella che ha ammazzato il mio vero padre. E io? Io a cosa devo credere? Dimmelo tu: a cosa devo credere, io?

Angelo è travolto da quello sfogo. Pensa che più di ogni parola valga un abbraccio, e ci prova. Ma Calò si sottrae. Non gli piace essere abbracciato. Non gli piaceva prima e ancora meno gli piace adesso. Angelo resta con le braccia protese, che si abbassano piano, senza aver stretto niente. Per darsi un contegno, parla:

– Io a tuo padre lo conosco bene...

Lui stesso si rende conto che potrebbe esserci un equivoco intorno alla parola *padre*, allora prosegue specificando, nella speranza di sembrare disinvolto:

– ... Franco ti ha sempre cresciuto come un figlio. Non gli devi dare colpa.

– Mi ha preso in giro. Non so nemmeno fino a che punto.

– Che poteva fare per te, più di quello che ha fatto?

– Stai a vedere che adesso devo pure ringraziarlo...

– Non ho detto questo, ma devi portargli rispetto.

Dev'essere quest'ultima parola, che fa perdere la calma a Calò:

– Rispetto! Rispetto! Questo solo sapete dirmi: rispetto! Ma rispetto di chi?

Prende Angelo per un braccio e lo trascina fino alla porta. Lui è troppo anziano e gracile per opporre resistenza, si lascia condurre all'uscita senza obiettare nulla. Solo quando ormai è sul pianerottolo, aggiunge una frase che non c'entra niente con la prudenza degli altri discorsi che Calò ha sentito fino a oggi:

– Non sai che cos'erano, quei due. Se sei vivo tu, è perché loro sono morti.

Se sei vivo tu, è perché loro sono morti.

La frase ha fatto in tempo a entrare in un soffio, mentre Calò chiudeva Angelo fuori di casa, e adesso è idealmente lì, sospesa in soggiorno, e gli risuona nelle orecchie nella sua tonda perfezione, quasi fisicamente tangibile.

Se sei vivo tu, è perché loro sono morti.

Il ragazzo vaga fra le macerie dell'arredamento con il cane che gli si agita attorno: complice, protettivo, apprensivo e giocoso al tempo stesso. Per cercare di trovare un punto fermo Calò torna nella stanza matrimoniale, si ributta sul letto e rimane a riflettere.

C'è stato qualcosa del suo passato che gli è stato tenuto nascosto. Di sicuro l'identità di suo padre, e in fondo anche della madre, rimasta sempre nell'ombra per colpa della censura familiare. Che quei due sconosciuti siano i suoi veri genitori è già una realtà con cui deve fare i conti, e non è facile. Per di più, se glie l'hanno tenuto nascosto ci deve essere un motivo. Il cervello di Calò finora si è rifiutato di credere che il motivo fosse quello che adesso, da giorni, la polizia e i giornalisti stanno cercando di inculcargli. In fondo potrebbe perdonare Franco di non essere suo padre, se l'ha fatto per non fargli pesare la morte dei genitori. Ma questa ipotesi di minima vacilla di fronte agli indizi che lo fanno dubitare di tutto e di chiunque. Le sue convinzioni oscillano fra un estremo e l'altro, senza trovare una sintesi. C'è qualcosa di inconcepibile che si sta facendo strada nella fantasia di Calò. Non è tanto la ricostruzione investigativa adottata acriticamente dagli organi d'informazione, quanto i silenzi, le mezze ammissioni, il modo stesso di minimizzare che in famiglia hanno adottato come strategia nei suoi confronti. E poi adesso c'è l'elemento nuovo di questa frase:

Se sei vivo tu, è perché loro sono morti.

Gli rimbalza nel cervello come una conferma indiretta, che gli arriva da Angelo, il parente acquisito, quello sicuramente estraneo ai fatti. A parlargli è stata la voce dell'innocenza, e a questa Calò è trascinato a credere.

L'idea che si è fatta è che i suoi veri genitori non dovevano essere un gran che, come persone. Su questo coincidono i resoconti giornalistici e le stentate ammissioni dei familiari. E adesso anche quelle parole:

Se sei vivo tu, è perché loro sono morti.

Pronunciandole, Angelo voleva significare che Calò dovrebbe essere felice di essersi sbarazzato di due genitori devastanti. Ma allo stesso tempo, nell'arco delle stesse poche parole, il ragazzo trova la conferma del peggio possibile: i suoi veri genitori sono stati uccisi dalla persona che fino a ieri ha chiamato *padre*, la persona che gli era più cara al mondo. Ora tutto concorre a fargli credere che il responsabile è proprio Franco. Forse anche per salvargli la vita: ma questo è tutto da dimostrare; una sottigliezza che in un momento del genere Calò non è in condizione di cogliere.

Mentre è sdraiato sul letto dei suoi supposti genitori viene raggiunto dalla certezza di aver costruito la propria esistenza su basi totalmente infondate. Ogni affetto, ogni riferimento è saltato. Non ha più niente, non *è* più niente.

In questo momento vorrebbe avere la possibilità che di sicuro non gli daranno: parlare con l'uomo che ormai deve considerare il suo ex padre. Trovarsi di fronte a lui e chiedergli di raccontargli come sono andate le cose veramente. Che provi a convincerlo, se n'è capace. Oppure gli spieghi come ha potuto tenerlo in braccio, nutrirlo, coccolarlo, portarlo allo stadio e tutto il resto, sapendo cosa aveva fatto ai suoi veri genitori.

A Calò succede ancora quel che almeno un paio di volte oggi gli è già successo, con la madre e con Angelo: una vampata di adrenalina che si trasforma in raptus, stavolta mentale. Immagina con vividezza assoluta di trovarsi sotto le mani l'ex padre e strangolarlo con le sue mani. Anzi no, meglio: ucciderlo allo stesso modo in cui lui ha ucciso il suo vero padre. Su internet ha trovato ogni dettaglio di quel delitto, e sarebbe in grado di riprodurre i particolari più raccapriccianti: numero delle pugnalate, efferatezza. Sarebbe una voluttà restituire a Franco il male che lui ha inferto a Enzo e Ivana, come Calò di recente ha imparato a chiamarli senza averli mai conosciuti. Sarebbe troppo bello, e per questo è sicuro che non glielo lasceranno fare.

In fondo a questo tunnel di delirio vendicativo, tuttavia, c'è un'illuminazione finale. Il male che Franco gli ha inflitto, lo ha inflitto per interposta persona. Quindi è per interposta persona che Calò deve vendicarsi. È più giusto. E anche più facile.

Si alza dal letto di scatto e va nel ripostiglio, dove si trova la cassetta degli attrezzi. La apre e tira fuori un martello, due pinze e quattro cacciaviti diversi. Quasi sul fondo della cassetta, finalmente, trova quel che cercava: un punteruolo che forse somiglia a quello che è servito a uccidere i suoi genitori.

A scuola lo conoscono: è stato pure lui allievo di quell'istituto. E qualche altra volta è già andato a prendere Kevin. Eppure Calò esita. Ha una larvata consapevolezza di non essere del tutto lucido, e non vuole fare mosse avventate. Intanto però è arrivato fin davanti alla scuola elementare elaborando man mano un piano di massima che lascia molti margini all'improvvisazione.

Ora si trova davanti al cancello, indeciso. Fino a questo momento tutto ciò che ha fatto è reversibile, mentre un passo più in là non ci sarà modo di tornare indietro. L'ideale forse sarebbe che qualcuno, insospettito, gli chiedesse cosa sta facendo lì davanti e lo facesse allontanare. Lo dice anche un cartello affisso proprio sull'inferriata: vietato l'ingresso agli estranei. Ma il bidello che si affaccia al portone lo conosce:

– Calogero, che fai? Devi entrare?

Un solo attimo di esitazione:

– Sì, grazie.

Ecco: il passo irreversibile è stato fatto. Adesso si trova oltre il cancello, oltre il punto di non ritorno, e deve giocare la partita fino in fondo. Sistema il punteruolo che tiene alla cintura coprendolo meglio con la maglietta. Dopodiché indossa un modesto sorriso e spiega:

– Devo prendere mio fratello... c'è un problema a casa.

Ovviamente il bidello sa dei problemi che in questi giorni hanno avuto in famiglia. Non deve trovare strano che in un frangente del genere sia il fratello maggiore a occuparsi del minore, con la madre impegnata su altri fronti. La procedura non è del tutto regolare, ma non è la prima volta che succede. In passato la madre ha avvertito in segreteria, il bidello immagina che anche stavolta sia così. E non controlla.

– Te lo vado a chiamare.

Calò aspetta. Intuisce che il suo ruolo prevede poche mosse, quasi tutte automatiche. Nessuna forzatura. Basta che stia lì con un'aria sufficientemente disinvolta, e la realtà viene ad accucciarsi docile ai suoi piedi.

Passano pochi minuti, ed ecco il bidello. Dietro di lui, Kevin si aggiusta lo zaino sulle spalle. Appena vede Calò gli corre incontro. Lui è il suo adorato fratello grande, maestro di vita, ideale modello da imitare. La burrasca recente, di cui Kevin ha capito ben poco, è da considerare solo una parentesi. Altrimenti la madre non l'avrebbe mai mandato a scuola per prenderlo, giusto? Anzi: c'è da essere contenti se l'armonia familiare è stata ripristinata.

Calò immagina di dover sorridere, ma non gli viene nessun sorriso. Si limita a una disinvolta battuta di carattere tecnico:

– Hai preso tutto?

Salutano il bidello e varcano il cancello lasciandosi alle spalle ogni vita precedente.

Kevin ha molta voglia di chiacchierare per togliersi il sapore della lite del giorno prima. Non affronta il tema direttamente, ma si capisce che ci ha pensato:

– Sono contento che sei venuto a prendermi. In classe mi stavo annoiando. Che è successo a casa?

Calò non raccoglie. Solo comunicazioni tecniche:

– Hai mangiato qualcosa?

– No. La ricreazione ancora non c'è stata.

– Fermiamoci al bar.

La sosta per rifocillarsi è improvvisata, ma ci vuole, se è vero che l'idea è di camminare un po'. Prendono ciascuno una porzione di tortilla e dell'acqua. Al momento di andare via Kevin, come spesso gli capita, sbadatamente dimentica di prendere lo zaino coi libri. Calò si guarda bene dal ricordarglielo. Solo dopo cinquecento metri il piccolo se ne rende conto.

– Torniamo indietro...

– Ma no, lascia perdere. Poi lo recuperiamo. C'erano cose preziose?

– I libri.

– E chi vuoi che se li ruba, i libri? Più tardi li torniamo a prendere. Piuttosto: dobbiamo camminare per un po', te la senti?

Kevin non vuole apparire debole agli occhi del fratello. Anche se fa caldo, non esita:

– Certo. Dove andiamo?

– Per ora non te lo posso dire: sorpresa...

Un piano preciso continua a non esserci, ma l'idea si va delineando man mano in maniera sempre più chiara. A ogni bivio ideale, Calò decide cosa fare, e ogni scelta è conseguente all'altra, fino a formare un disegno che lo stuzzica e lo appaga.

Adesso, per esempio, hanno preso un autobus senza sapere esattamente dove va. Passava, e l'hanno preso al volo. A occhio si dirige verso la periferia, e va bene così. Ovviamente nessuno li sta ancora cercando. Cominceranno fra almeno un'altra ora, quando Helena andrà a prendere Kevin a scuola e, non trovandolo, lancerà l'allarme. Hanno un discreto margine, non enorme ma sufficiente a uscire dalla città. A patto di sbrigarsi, però.

Sull'autobus, Kevin è curioso, guarda fuori dai finestrini le case, le strade che attraversano:

– Non ci sono mai stato, da queste parti.

– Lo so.

– Ma dove stiamo andando?

– Ora vedi. Devi avere pazienza.

Il piccolo vorrebbe insistere, ma accetta che il gioco sia di non dargli indicazioni per non rovinare la sorpresa che lo aspetta. Si fida del fratello, gli basta che lui sia al suo fianco. Ha solo qualche scrupolo:

– Mamma l'hai sentita?

Vuole sapere se quella sorpresa è concordata con lei, se è d'accordo, se sa dove si trovano, se alla fine di quella che si presenta come una fuga a due ci sarà l'abbraccio materno, se si ritroveranno tutti e tre assieme, magari anche con papà, per ricostituire la formazione familiare originale: e vissero tutti felici e contenti. Tutte questioni legittime, dal suo punto di vista. Ma Kevin si accontenta di reiterare la singola domanda per non sembrare troppo infantile:

– Mamma l'hai sentita?

– È una sorpresa anche per lei.

– Ma una telefonata non gliela facciamo?

– Ho dimenticato il telefono a casa.

Kevin istintivamente corre con lo sguardo alle tasche del fratello. Niente telefono, ma si accorge del manico del punteruolo che sporge dalla cintura.

– Che cos'è?

Calò improvvisa:

– Un'arma.

– E a che ti serve?

– Quando si parte per un'avventura sempre meglio portarsi dietro un'arma.

Messa così, Kevin è conquistato.

– Allora pure io devo trovare un'arma.

– Appena scendiamo dall'autobus vediamo di procurarci qualcosa.

Dopo non molto l'autobus arriva al capolinea, in una periferia estrema, oltre la quale Murcia dirada in aperta campagna. Scendono. Il sole picchia e i due ragazzini cercano l'ombra, che nella sua miglior versione consiste in una pensilina sotto la quale si fermano a decidere sul da farsi.

– Ora dove andiamo?

Calò fa un gesto, dopo aver individuato lo stradone che continua ad allontanarsi dal centro città. Vuole sembrare sicuro di sé, con un piano ben delineato in mente.

Si incamminano. Kevin trotterella cercando di tenere il passo del fratello. Dice:

– Ricordati che dobbiamo trovare almeno un coltello pure per me.

– Ora lo cerchiamo. Intanto c'è quello mio, ti difendo io. Sono tuo fratello o no?

Sarà quasi l'una, sul margine della strada l'ombra è diventata molto più rara. La fatica si fa sentire, ma i ragazzi continuano a camminare, e Kevin a parlare.

– Hai fame? Io non tanto fame... sete sì, però. Se troviamo un bar ci fermiamo? Io sai che faccio quando ho fame e ancora non è ora di mangiare? Mi bevo un bicchierozzo d'acqua, poi un altro e un altro ancora... Me l'ha insegnato la nonna una volta che ancora non era pronto da mangiare e io stavo svenendo... Tu hai provato mai? Prova, funziona... Invece per la sete una volta un mio compagno mi ha insegnato un trucco: raccogli la saliva per un poco, senza inghiottirla, e poi, quando è diventata un bel po', la inghiotti tutta assieme, come se fosse un sorso d'acqua. Solo che ci provo da mezz'ora e non mi disseto per niente... Una volta mi hanno raccontato di uno che non aveva niente da bere e s'è bevuto la sua pipì. Bleah: a te non ti farebbe schifo?

Kevin lo dice con un tono che significa:

– (A me fa schifo, ma se tu mi dici che non ti fa schifo sono disposto a cambiare idea).

E anche:

– (Se nel corso di questa nostra avventura ci toccherà bere la nostra pipì, e tu me lo chiedi, io comunque sono pronto).

Calò non abbocca alla conversazione, rimane trincerato dietro la mutria adolescenziale che contribuisce ad accrescere il suo fascino agli occhi di quello che ormai considera ex fratello. Kevin vorrebbe essere taciturno come lui, si sforza di somigliare al modello, ma non ce la fa: deve parlare per riempire il silenzio. Non sono molti gli anni di differenza fra i due, ma a quell'età sembrano moltissimi. Camminano fianco a fianco, ma appartengono a mondi differenti.

Sulla strada la maggior parte delle auto sfreccia, qualcuna diminuisce l'andatura ma tira diritto. Quando un secondo automobilista rallenta e accosta, Calò capisce che sta per fermarsi, e sussurra a Kevin:

– Sorridi.

Il piccolo sorride, e anche Calò. Kevin fa persino un cenno di saluto con la mano. Vedendo i loro sorrisi anche l'automobilista sorride. Sorride e accelera.

Quando sentono il rumore della terza macchina Calò e Kevin si fermano a guardarla passare, come se fossero lì sul ciglio di una strada in mezzo al nulla al solo scopo di guardar passare le auto. Calò dispone:

– Saluta.

Tutti e due salutano. A bordo c'è una famiglia felice. La mamma li addita ai due figli piccoli e quelli, seduti dietro, rispondono al saluto, mettendosi subito a guardare dal lunotto posteriore, salutando a oltranza.

Calò e Kevin continuano a salutare mentre la famiglia si allontana. Senza smettere di fare gesti sempre più ampi, per farsi vedere in lontananza, Calò dice:

– Se ne passano altre facciamo così. Fermiamoci e salutiamoli.

– Ok. Ma questa specie di gioco fa parte dell'avventura che stiamo facendo? Io ancora non ci ho capito niente.

– Per questo è bella, l'avventura. Quando ci sei dentro non ne capisci niente. Dopo che finisce, allora capisci la cosa stupenda che era. E la rimpiangi pure.

Kevin è molto colpito dalle parole del fratello. Veramente: parla poco, ma quando parla dice cose indimenticabili.

Riprendono il cammino. Kevin cerca lo sguardo di Calò, ma il fratello maggiore ha smesso di sorridere dopo che l'ultima macchina è sfrecciata via. Kevin allora smette pure lui, cercando di imitare la faccia seria. Gli servirebbe però un conforto che non riesce a trovare. Da un po' il fratello ha smesso di allettarlo dandogli qualche vera informazione sull'avventura in corso, per cui Kevin sta perdendo convinzione.

Alla ricerca proprio di conforto, per istinto, gli cerca la mano, vorrebbe tenerla e camminare così, mano nella mano. Calò si sottrae:

– Non è che stiamo andando all'asilo.

I due ragazzi sono stanchi, camminano da più di un'ora sotto il sole. Hanno perduto il conto del tempo. Kevin è particolarmente provato:

– Quando arriviamo?

Calò è altrettanto stanco, ma non molla.

– Ancora un po'...

– Ci possiamo sedere?

– Se ci sediamo non ci alziamo più.

– Cinque minuti, ava'...

– Cammina.

– Cinque minuti! Che sono, cinque minuti?!

Kevin si ferma per dare maggior forza alla richiesta. Non una ribellione, ma una sottolineatura. Calò dopo qualche passo deve prendere atto dell'insubordinazione e si ferma, voltandosi a guardarlo e valutando il da farsi. Non vuole forzare la mano. Non per il momento:

– Cinque minuti, però.

– Cinque minuti, giuro.

– Ma non qui. Vieni.

Lo prende per il polso e lo tira dentro la pineta. Facendo largo fra i rovi, Kevin si graffia i polpacci:

– Ahi!

– Non ti lamentare.

Percorrono pochi metri, fin quando trovano un angolo all'ombra dei pini e libero da altra vegetazione. Kevin si butta sdraiato sugli aghi che fanno da tappeto. Calò si siede per terra, ripiega le gambe e le abbraccia. Poggia la fronte sulle ginocchia. Respira.

In quel momento sulla statale passa un'auto della Guardia Civil, senza sirena, ma con il lampeggiante acceso. Va veloce. Supera il punto in cui i due ragazzi si sono inoltrati nel bosco e tira dritto. Per i due ragazzi è solo il rombo di una macchina che passa oltre. Nemmeno ci fanno caso: al momento cercano solo di rifiatare.

Trascorrono dieci minuti durante i quali nemmeno Kevin trova niente da dire. Troppo caldo, sudore, disagio, malumore. Calò è pure impaziente:

– Ora andiamo, ci siamo riposati abbastanza.

Ovvio che si rivolge a Kevin, ma non lo guarda. E nemmeno fa cenno ad alzarsi. Calò lascia passare qualche secondo, poi:

– Andiamo.

Kevin sembra ancora non sentire.

– Ho detto andiamo!

E stavolta scatta in piedi. Kevin finalmente risponde:

– Fa caldo, ancora due minuti.

– Dobbiamo andare.

– Ma dove? È due ore che camminiamo e nemmeno mi hai detto dove stiamo andando.

– Tu non ti preoccupare.

– Se non mi dici dove dobbiamo andare, non mi muovo più.

– Non ti preoccupare. Un bel posto, una sorpresa. Che avventura è, se te lo dico?

– E poi io sono ancora disarmato. Abbiamo solo quello.

Quello è il punteruolo che Calò, dopo essersi rimesso in piedi, sta risistemando alla cintura, cercando un modo per non farsi male mentre cammina.

– Questo ci basta, per ora.

– Ma ci basta a fare che?

– Non sappiamo se incontriamo qualche lupo, lungo la strada.

– Ma che lupo e lupo?! I lupi non esistono. Sono come Babbo Natale, la Befana. Servono solo a fare spaventare i bambini piccoli.

– E tu non sei un bambino piccolo?

– Io ormai non ci credo più a Babbo Natale, né alla Befana. E nemmeno ai lupi.

– E fai male, perché i lupi invece esistono.

Nel frattempo, parlando, Kevin si è rimesso in piedi.

– Sei pronto?

– Non tanto, sono ancora stanco. Quanto manca?

– Ancora poco. Non ti preoccupare.

La verità è che ancora Calò non sa bene dove vuole andare a parare. Vagamente immagina una vendetta per tutto quel che ha passato negli anni, preso in giro e illuso nella maniera più crudele. Ma se voleva farsi giustizia, la pineta dalla quale sono appena usciti era il posto ideale per una chiusura perfetta del cerchio. Adesso che hanno ripreso il cammino sulla strada, Calò è arrabbiato con se stesso per non aver approfittato della circostanza che gli si era offerta al riparo dei pini. Poteva farlo lì e poi cercare la fuga da solo, senza la zavorra di quel ragazzino ormai estraneo che gli rallenta la marcia e lo ammorba coi suoi discorsi puerili:

– Mi racconti una storia? Così passiamo il tempo.

– ...

– Dài, una storia. Una storia anche piccola.

– ...

– Una storia piccolissima.

– Che storia vuoi raccontata? Non me ne vengono.

– Una storia qualsiasi.

– Non sono bravo a raccontare le storie.

– Come ti viene viene, anche raccontata male.

Calò esita. Vorrebbe mandarlo affanculo apertamente, ma non ha voglia di sembrare ostile rischiando poi di doverlo trascinare con la forza. Gli viene un'idea.

– Va bene. Ti racconto la storia di due fratelli.

– Come noi.

– Come noi, ma diversi. Molto diversi. Un fratello è buono e l'altro è cattivo. Il fratello buono non sa che l'altro è cattivo, perché siccome lui è buono s'immagina che tutti sono buoni come lui. Allora si fida e lascia che il fratello cattivo gli rubi tutto.

– Tutto che?

– La casa, la macchina, l'eredità. Tutto.

– E poi?

– Poi niente. Il fratello buono gli dice: ma perché mi fai questo? Che ti ho fatto, io? E quello cattivo non sa che rispondere, allora risponde: perché sono così. Sono cattivo e non posso farci niente. Rassegnati perché è così.

– Che stronzo, 'sto fratello!

Con uno sguardo di sottecchi Kevin si assicura che le parolacce siano ammesse, almeno fra loro. Una licenza in nome dell'avventura comune che stanno vivendo.

– Infatti. Dopodiché lo sai che fa? Dopo avergli rubato tutto, gli ruba anche la cosa a cui il fratello tiene più di tutte.

– E cioè?

– Il figlio.

– Il figlio del fratello buono?

– Esatto. Te l'immagini? Un giorno va a casa sua, lo ammazza e rapisce suo figlio.

– Lo ammazza? A chi? Al fratello?

– A lui, e anche alla moglie.

– Che sarebbe...

– La madre del bambino che viene rapito.

– Mi! E come li ammazza?

– Con un coltello.

– E come finisce? Il bambino che fine fa?

– Il bambino... Diventa grande, aspetta che arriva il momento, e poi si vendica.

– Mi piace. E che cosa fa per vendicarsi?

– Gli ammazza il figlio.

– Il figlio del fratello cattivo.

– Giusto.

– Quindi, in teoria, il fratello cattivo ha un figlio buono, e il fratello buono ha un figlio cattivo.

Calò ci pensa un attimo, per vagliare la ricostruzione. Gli pare una sintesi discreta:

– Bravo.

– Ma mischino, il figlio buono del fratello cattivo che c'entra?

– In teoria niente, ma la colpa del padre ricade sempre sui figli.

Kevin elabora tutto il racconto, morale compresa. Dopodiché commenta:

– Miii, Calò...

– Eh?

– Che storia brutta...

– Così sono le storie.

A quest'ora l'allarme deve essere scattato per forza. Li staranno cercando. Forse la radio ne ha già parlato e ogni automobile, vedendoli, potrebbe riconoscerli. Devono togliersi da lì. La strada però corre diritta, senza traverse o varianti. Calò rompe il silenzio:

– Kevin, ci siamo. Comincia l'avventura vera.

Kevin, stremato, da un po' ha diradato il fiume di parole con cui nelle prime ore di marcia ha tormentato il fratello. Ma di fronte all'annuncio ritrova entusiasmo:

– Che succede? Che dobbiamo fare?

– Ci dobbiamo nascondere.

– Dove?

– In mezzo agli alberi.

Calò ha assunto un tono di complicità e cameratismo che a Kevin piace molto. Incassa la testa nel collo e si starebbe per buttare senz'altro nella pineta, se il fratello non lo trattenesse afferrandolo per i capelli.

– Ahi.

– Scusa.

Calò chiede scusa, ma intanto gli trattiene i capelli per una frazione di secondo più di quel che servirebbe. Tanto che Kevin è costretto a ripetere:

– Ahi.

Finalmente Calò lo lascia andare assumendo un tono da distribuzione di compiti:

– Devi aspettare i miei ordini.

– Ok, capo.

Kevin sa istintivamente che il gioco è una finzione in cui ognuno deve avere un ruolo. Il suo, da fratello minore, è subordinato: e lui non ha niente da obiettare. Gli serve solo qualche delucidazione:

– Posso fare una domanda?

– Parla.

– Da chi ci stiamo nascondendo?

– Dai nemici.

– E chi sono i nemici?

– Quelli che passano con le macchine.

– Tutti?

– Tutti.

– Tutti quelli che passano? Anche quelli che non si fermano?

– Ti ho detto tutti, e significa tutti. Quando sentiamo arrivare una macchina da questo momento in poi ci dobbiamo nascondere.

– Ok, capo.

Calò alza gli occhi e scorge un camion in arrivo.

– Sei pronto?

– Sissignore.

– Pronti? Via!

Saltano all'unisono in mezzo alla vegetazione, si acquattano, dal nascondiglio osservano il camion passare.

– Tutto a posto, soldato Kevin?

– Tutto a posto, comandante Calò.

– Proseguiamo, allora. Ma mi raccomando: massima allerta. Appena si avvicina qualcuno...

– Ci nascondiamo!

– Bravo, soldato Kevin.

– Grazie, comandante.

Si rimettono in marcia. Col nuovo gioco Kevin ha ritrovato lo spirito dell'avventura. Calò ne approfitta per fargli tenere un passo spedito: non sa dove stanno andando, ma devono arrivarci prima possibile.

A un certo punto, la monotonia del paesaggio viene interrotta da una variante. A distanza, Calò scorge un edificio che si affaccia sulla strada. Saranno cinquecento metri ancora, e bisogna valutare di che edificio si tratta. Ma di sicuro dovranno approfittare di quella che sembra una casa a due piani: sono stanchi, persino lui non ce la fa, e Kevin ha ripreso a piagnucolare per la fatica. Per farsi seguire gliela deve mettere per forza sul piano del gioco:

– Soldato Kevin.

Kevin stenta a trovare lo spirito e l'energia che servirebbero per giocare, ma ne fa un punto d'onore.

– Agli ordini.

– Vedi quella casa?

– Quella?

– Non ce ne sono altre per chilometri. Certo che quella. La vedi?

– La vedo.

– Dobbiamo conquistarla. Te la senti? Sei pronto?

– Prontissimo.

– Allora avviciniamoci con cautela. Potrebbe essere occupata dai nemici. Dobbiamo essere pronti a tutto.

– Io sono pronto a tuttissimo, ma sono disarmato.

Le regole del gioco sono regole, e Calò sa che deve rispettarle se vuole che anche Kevin le rispetti. Si guarda attorno alla ricerca di qualcosa, e adocchia un sasso che gli pare della misura giusta.

– Hai ragione, soldato Kevin.

Si china a raccogliere il sasso e lo consegna con una certa solennità. Kevin accetta il sasso, ma non è convinto:

– Una pietra?

– Questa non è una pietra. È una bomba a mano.

Kevin la osserva, la soppesa: gli sembra improvvisamente un'arma da maneggiare con cura. Adesso pure lui è armato. Può affrontare ogni sfida.

– Che dobbiamo fare, capitano?

– Avviciniamoci senza dare nell'occhio.

– Andiamo?

– Andiamo.

Riprendono a camminare rasente alla pineta, fingendo una pratica militaresca, fermandosi ogni tanto per scrutare e ripartendo con brevi corsette per poi accovacciarsi al riparo. A un esame più ravvicinato, l'edificio risulta essere una vecchia casa cantoniera in disuso, con la porta e le finestre sbarrate da tavole di legno inchiodate sopra. I due ragazzi si avvicinano circospetti. Kevin parla sottovoce:

– Sembra abbandonata.

Calò si mette l'indice sulle labbra:

– Zt!

La casa è ormai vicinissima e, forse per la suggestione del gioco, anche a Calò sembra possedere qualcosa di misterioso, addirittura spettrale, malgrado il sole meridiano che la illumina senza scampo. Sempre muovendosi con circospezione provano a girarci intorno. Sul retro la serie delle finestre sbarrate è interrotta da una che sbarrata non è. Lo era, forse, ma dev'essere stata forzata in tempi abbastanza recenti. C'è anche, proprio sotto la finestra, un sistema di grosse pietre disposte a scaletta che lascia immaginare la precedente incursione di qualcuno. Calò decide di adoperare anche quest'elemento per arricchire la finzione:

– Guarda, siamo stati preceduti.

– Infatti. Che facciamo?

– Entriamo.

– Sei sicuro? Non aspettiamo rinforzi?

Calò lo guarda:

– Che rinforzi?

– Non lo so. In televisione c'è sempre qualcuno che dice che è meglio aspettare rinforzi.

– Sì, ma c'è pure un altro che insiste che non c'è tempo da perdere, bisogna entrare subito. E chi è che alla fine vince?

– Quello che vuole entrare subito...

– Infatti.

– Mamma non sarebbe d'accordo.

– Che c'entra la mamma? Questa è la nostra avventura sì o no?

– Sì, ma...

– Hai paura?

– No, che c'entra?

– Hai paura.

– Non ho paura!

Kevin ha uno scatto d'orgoglio, ma mentre lo dice gli occhi lo tradiscono riempiendosi di lacrime. Calò capisce che è il momento di incoraggiare la truppa.

– Ci sono io, con te. Non abbiamo bisogno di nessuno.

Kevin tira su col naso:

– Allora che facciamo?

– Entriamo?

Col dorso della mano Kevin si asciuga le lacrime un attimo prima che arrivino a solcargli le guance, rientrando prontamente nel personaggio dell'intrepido soldato, con solo una lieve spezzatura nel tono di voce.

– Entriamo!

Scavalcare non è per niente difficile. Ci si sporca molto, però. Prima passa Calò, come spetta a un comandante che per dare l'esempio rischi quanto e più dei subalterni. Il davanzale è molto impolverato, con l'aggiunta di una fuliggine nera che macchia pelle e pantaloni, tutto quel che tocca. Ma non importa: senza troppe difficoltà, Calò è dentro.

C'è un grande ambiente, completamente privo di mobili, ma con parecchi oggetti sparsi sul pavimento. Grosse pietre, innanzi tutto. Disposte a cerchio intorno ai resti di quello che dev'essere stato un piccolo falò acceso chissà quando e da chi. Sulle pareti ci sono scritte per la maggior parte illeggibili, altre sconclusionate. La cosa più chiara sono i disegni, fra cui moltissimi cazzi. Il pittore doveva avere una vera passione, per il genere: ha usato il carbone del falò per disegnarne a decine, grossomodo di forma identica, stilizzata; unica variabile è la dimensione, che va dai pochi centimetri ai due metri. Una banda di ragazzi, probabilmente.

Dall'esterno Kevin si fa sentire facendo la voce di chi non vuol farsi sentire:

– Comandante, tutto ok?

Calò lo lascia chiamare senza prestare ascolto, cercando di farsi un'idea più precisa del posto in cui si trova.

Non restano tracce della vita precedente della casa. Quando è stata abbandonata hanno portato via tutto, mobili e suppellettili. In un angolo ci sono vecchi vestiti ammonticchiati, ma forse anche questi sono stati lasciati lì da qualcuno degli incursori. Poi, in ordine sparso: un fornello a gas arrugginito, un pentolino senza manico, vecchi giornali, un materasso e un ramo di palma ormai secco. Tutto sul pavimento, tutto molto impolverato e in buona parte macchiato di fuliggine: gli autori del fuoco hanno fatto un casino, una delle ultime volte.

– Calò, cosa hai trovato?

Kevin è impaziente di ricevere notizie. E finalmente Calò si accosta alla finestra da cui è entrato:

– Tutto ok. Bonifica effettuata. Puoi entrare.

Kevin comincia ad arrampicarsi, ma è impacciato anche dal sasso che continua a tenere in mano nel caso sia necessario ricorrere alle armi.

– Mettila in tasca, la pietra. Per ora non ti serve.

Kevin ripone il sasso in tasca e riprende l'arrampicata, stavolta più agilmente, adoperando tutte e due le mani. Per scavalcare il davanzale Calò gli porge una mano che Kevin accetta volentieri, senza evitare di sporcarsi pure lui. Si preoccupa, vedendo che pure il fratello è tutto sporco:

– Appena ci vede mamma...

– Lascia stare la mamma.

Kevin si guarda attorno cercando di capire in che posto si trova.

– Cos'è questo?
– Cos'era, semmai. Forse un magazzino... Un magazzino.
– Magazzino di che?
Calò si rende conto che per essere credibile come capo deve avere una risposta anche per le domande irrilevanti. Allora inventa:
– Grano, farina. Roba per fare il pane.
– Un mulino, insomma!
Non somiglia nemmeno lontanamente a un mulino, ma chissenefrega.
– Bravo. Un mulino.
– E questo cos'era, un fuoco?
– Qualcuno deve averlo usato come rifugio.
Kevin osserva affascinato i disegni e le scritte sui muri, che gli risultano misteriosissimi.
– Ma chi?
Prima di rispondere, Calò fa una pausa:
– Non so se posso dirtelo...
Questo sì che per Kevin provoca una fiammata di curiosità.
– Chi?
Vediamo se indovini. Guarda i disegni sui muri...
I disegni sono tanti e diversi ma, a parte forse la serie dei cazzi, non significano niente per Kevin, che rivolge al fratello uno sguardo interlocutorio. Calò lo lascia cuocere ancora per qualche istante. Poi pronuncia la formula del terrore:
– Riti satanici.
– Come, riti satanici?

– Eh: il fuoco, i disegni rituali... Questo è un posto dove vengono a fare le messe nere.

Kevin non ha idea di cosa siano le messe nere, ma già l'espressione gli suona preoccupante.

– Chi può essere?

– Gente che crede nel diavolo.

– Nel diavolo?

– Eh: tu ci credi a Gesù? E loro credono nel diavolo.

– Ma che fanno durante queste messe nere?

– C'è tutta una cerimonia che culmina con il rito finale...

– E cioè?

– Non voglio spaventarti, ma, certe volte uccidono un animale, tipo una gallina. Altre volte, invece...

– ...

Calò fissa l'ex fratello per essere certo di terrorizzarlo a dovere:

– Sacrifici umani.

L'idea di trovarsi in un luogo dove si praticano sacrifici umani spaventa Kevin. Ma lo spaventa di più l'idea di tornare fuori sotto il sole e riprendere a camminare. Per cui si rassegna a convivere con lo spavento. Si mettono comodi ad aspettare non si sa bene cosa, ma almeno che fuori la canicola conceda una tregua, il sole si abbassi, e poi, con il buio, muoversi con più sicurezza e meno fatica.

Calò propone:

– Cerchiamo di dormire. Siamo stanchi.

Kevin si guarda attorno per cercare di individuare un posto adatto.

– Ma dove?

– Se vuoi mettiti sul materasso.

– Ma fa schifo...

– Allora sul mucchio di vestiti. Deve essere morbido, più o meno.

A Kevin l'idea di dormire sui vestiti vecchi non pare l'ideale, ma sempre meglio del materasso, che sembra davvero fetente. Calò invece si siede su uno dei massi di arenaria, con le spalle appoggiate al muro. Difficile dormire in quella posizione, ma riposare sì, e riflettere.

In realtà c'è poco da riflettere: è il posto perfetto, per fare quel che deve. Nessuno può venire a disturbarli. Passa in rassegna tutti i motivi per non farlo: e non ne trova.

Siccome ha deciso, lo farà. E siccome sono arrivati fin lì, è in questo posto che lo farà. Per il resto, un punto fermo è che non vuole vedere soffrire Kevin: non vuole che lui soffra e non vuole vederlo soffrire. C'è quindi pure una componente egoistica, ma gli pare di potersi permettere un po' di egoismo, dopo aver subito quel che ha subito.

Il resto delle sue elucubrazioni è destinato a stabilire come farlo nella maniera più rapida e, in un certo senso, igienica. Certo, se avesse una pistola, tutto risulterebbe più impersonale. Potrebbe mantenere le distanze. Ma può contare solo sul punteruolo, un'arma cruenta. Né è disposto a rinunciare al valore simbolico che il punteruolo comporta. Il punteruolo chiude il cerchio della violenza nella loro famiglia. Il punteruolo è importante.

Lo estrae dalla cintola e lo poggia sul pavimento, davanti a sé, in modo da poterlo osservare. È grosso, non certo adatto a lavori di fino. Potrebbe anche essere lo stesso punteruolo che è servito per uccidere i suoi genitori, e Calò si aggrappa a quest'idea per caricarsi e trovare la forza di fare quel che deve. Però sarebbe strano che l'arma del delitto sia rimasta a casa per tutto quel tempo. Non importa: in ogni caso non ha più scusanti. Deve procedere.

Si alza, va da Kevin che si è addormentato. Lo sveglia. Il bambino strizza gli occhi per capire se ci sono novità.

– Svegliati.

– Che succede?

– È arrivato il momento più importante dell'avventura.

Tanto basta a dissipare il resto del sonno. Kevin si alza ed è subito pronto, anche se non sa a cosa.

– Che dobbiamo fare?

– È una prova di coraggio. Dobbiamo bendarci e restare bendati in questo posto per un minuto. Te la senti?

Kevin valuta rapidamente: un minuto al buio dentro questo posto, in balia del diavolo e dei suoi seguaci. Ma se è suo fratello a proporglielo, significa che si può fare. E poi un minuto è un minuto. Solo poche delucidazioni.

– Tutti e due?

– Certo, tutti e due.

– Tutti e due assieme?

– Questa è la regola. Se l'altro rimane a fare la guardia, dove sta il coraggio?

– Giusto.

– Allora facciamo così: prendi quei due stracci. Io bendo te e tu bendi me. Comincia tu.

– Ok.

Calò si mette in ginocchio per facilitare il compito dell'ex fratello. Si fa bendare incoraggiandolo:

– Fai un bel nodo, alla fine, in modo che non si allenti.

Kevin fa del suo meglio. Quando ha finito domanda:

– E ora?

– Ora ti bendo io. Ma siccome non ci vedo, devi essere onesto. Devi giurare che ti ho bendato bene.

– Giuro!

Kevin si inginocchia come ha fatto Calò poc'anzi, lasciandosi bendare. Calò adopera una sciarpa avvolgendogliela intorno alla testa come se fosse un turbante. Gli pare che in quel modo sia anche più pratico, per quel che seguirà.

– Così ci vedi?

– Un pochino a destra, la benda tende ad alzarsi.

Calò provvede.

– Così?

– Così è perfetto.

– Ok. Adesso dobbiamo contare fino a sessanta. Conta tu.

E Kevin comincia:

– Uno, due, tre, quattro, cinque, sei...

– ... Sette, otto, nove, dieci...

Kevin conta rimanendo in ginocchio. Calò è rimasto alle sue spalle. Si toglie la benda dagli occhi. Assapora il potere assoluto che è in condizioni di esercitare sulla vita di una persona. Gli piace molto perché è totale, nei confronti dell'ex fratello. Può vendicarsi senza difficoltà, senza nemmeno doverlo guardare negli occhi. Basta un primo colpo ben assestato, e gli altri serviranno eventualmente a completare il lavoro. Il turbante di stoffa che Kevin tiene avvolto intorno alla testa renderà pure meno cruento lo spargimento di sangue. Afferra il punteruolo con la destra.

– ... Undici, dodici, tredici, quattordici...

È una bellissima sensazione: armato, un passo alle spalle di una creatura inconsapevole. Di più: fiduciosa. Kevin si fida di lui. Non può nemmeno concepire un epilogo come quello che lo aspetta. Forse nemmeno si renderà conto di morire e morirà felice.

– ... Quindici, sedici, diciassette, diciotto, diciannove...

In *The Walking Dead*, la sua serie tv preferita, Calò ha visto cento volte quant'è facile con uno strumento appuntito sfondare il cranio di un essere dalle sembianze umane e farlo stramazzare a terra senza che ci sia bisogno d'altro. Un colpo secco e via.

– ... Quindici, sedici, diciassette, diciotto, diciannove...

Stringe l'impugnatura della sua arma. Gli basta non pensare, sollevare il braccio e abbassarlo con forza sufficiente. Se fossero in un film a questo punto arriverebbe qualcuno, un Salvatore di Buoni che fermerebbe la sua mano; oppure a distanza, con un colpo di pistola ben mirato gli farebbe saltare di mano il punteruolo. Ma questo non è un film, non ci sono eroi dell'ultimo istante che salvano la povera vittima. Anche perché Calò non riesce a immaginare che ci sia qualcuno più vittima di lui stesso, in tutta questa vicenda.

– ... Venti, ventuno, ventidue, ventitré, ventiquattro, venticinque...

Non alza il braccio perché gli pare un gesto retorico. Basterà una traiettoria unica, prima dal basso verso l'alto e poi dall'alto verso il basso, tracciata con tutta la rabbia di cui si sente carico. La cerca dentro di sé, questa rabbia, ma adesso che ne ha bisogno stenta a trovarla. L'ha sentita montare per giorni, dovrebbe essere al culmine. Eppure adesso la stanchezza pare avere il sopravvento. Allora deve riuscire a farlo senza pensarci, come un'azione automatica. Forse l'ideale è proiettarsi avanti nel tempo, come quando si esita prima di un tuffo per timore dell'impatto con la temperatura dell'acqua. Anche se al sole fa caldo, il tuffo è sempre un trauma. Che però si ridimensiona molto nel giro di pochi istanti. È un piccolo trucco che al mare Calò adopera perché è molto freddoloso. Fra poco lo choc sarà solo un ricordo, e tutto si risolverà con la fresca sensazione di nuotare dopo essersi sbarazzati del caldo. Anche lì dentro fa caldo, anche questo è un tuffo, in un certo senso.

– ... Ventisei, ventisette, ventotto, ventinove, trenta, trentuno...

Ancora mezzo minuto e tutto sarà finito. Meno di trenta secondi per rimettere ordine nella storia che lo riguarda, dove finalmente è in condizioni di essere quello che dà le carte, dopo essersi accontentato delle carte truccate che altri gli hanno passato per tutti quegli anni. Ecco: fra trenta secondi al massimo si sarà vendicato e tutto, dopo, risulterà più semplice. Basta proiettarsi oltre quei pochi secondi che ora gli sembrano insormontabili. Deve sforzarsi di guardare oltre il muro: superato quello, dovrà solo pensare a scappare. Finalmente da solo. Lascerà il corpo di Kevin nella casa cantoniera, dove magari l'uccisione di un bambino verrà attribuita a qualche setta satanica.

– ... Trentadue, trentatré, trentaquattro, trentacinque...

S'inventerà una storia che lo scagioni completamente. Dirà che Kevin era scappato e lui l'aveva inseguito, ma non era riuscito a raggiungerlo, e... Va bene, non è credibile. Comunque la si voglia rigirare, la storia non sta in piedi. Probabilmente dovrà scappare e basta. Scappare per il resto della vita. Rifugiarsi in un paese diverso, cambiare identità. Questo non sarà un problema, perché già adesso non sa bene qual è la sua identità. La prossima sarà diversa, ma diversa da non si sa che. Probabilmente lo troveranno, lo arresteranno, lo processeranno, lo condanneranno. Ha dalla sua la minore età e una gran serie di attenuanti, ma comunque lo metteranno in un carcere minorile e la sua vita sarà rovinata. Non ci si riprende da precedenti del genere. In ogni caso lui diventerà un altro anello della catena di violenza che grava sulla sua famiglia. Forse l'ultimo anello: ma quando la catena sarà saldata diventerà impossibile riconoscere un anello dall'altro.

– ... Trentasei, trentasette, trentotto, trentanove...

Il flusso dei pensieri di Calò viene spezzato da un'interferenza:

– (Chissà che stanno facendo gli altri?).

Gli altri sono Helena, la nonna, Angelo. Franco. Anche Palomo. Si sforza di immaginare cosa stanno facendo, dove sono in questo momento. Di sicuro saranno preoccupati, li staranno cercando. Ma per quanto si sforzi, Calò non riesce a immedesimarsi nei sentimenti che i componenti della sua famiglia stanno provando in quello stesso istante. Li immagina tutti compresi in una sfera di angoscia senza futuro. Anche quando si sforza di immaginare le loro reazioni all'accaduto, non ci riesce. Non sa quale sarà il destino che li aspetta. A stento può farsi un'idea del presente. Loro rappresentano il suo ideale pubblico, in questo momento, eppure non ci sono, sono ombre sfumate in un finale dove conta solo lui. Desolatamente lui.

– … Quaranta, quarantuno, quarantadue…

Sempre se fosse un film, Calò aspetterebbe l'ultimo secondo per arrendersi. Ma non è un film: quando manca ancora una ventina di secondi la spossatezza ha il sopravvento e gli lascia capire che non ne farà niente. Niente vendetta, niente occhio per occhio. Niente manco retorica dell'agnello destinato al sacrificio e salvato all'ultimo istante. Gli resta una quindicina di secondi, il tempo di riflettere sulla sua desistenza.

Kevin resta uno scassacazzi come ce n'è pochi. E adesso che non è più suo fratello può dirlo chiaramente. Una manciata di secondi bastano per accettare di non avere il coraggio di vendicarsi, almeno non in quel modo. Scaduto il conto alla rovescia comincerà quel che resta della sua vita, di cui pure non riesce a immaginare quasi nulla.

– … Quarantatré, quarantaquattro, quarantacinque, quarantasei, quarantasette, quarantotto…

Forse si riconcilierà con la nonna, probabilmente con Helena. In fondo quelle persone sono state la sua famiglia per molto tempo. Magari un giorno incontrerà da qualche parte Franco, e bisognerà trovare qualcosa da dire, e poi stabilire una reazione da opporre alle sue scuse. In questo momento è inconcepibile poterlo perdonare, ma fra qualche anno magari le cose saranno cambiate. Di qui ad allora si sarà messa di mezzo la vita. Nell'immediato i giornali parleranno ancora di lui, e stavolta ancora più direttamente, dovendo raccontare questa specie di maldestro rapimento fra fratelli. Ma poi si stancheranno, ci saranno altre storie più calde da sfornare, e alla lunga nessuno si ricorderà più il suo nome.

– ... Quarantanove, cinquanta, cinquantuno, cinquantadue, cinquantatré, cinquantaquattro...

Finirà la scuola, probabilmente. Oppure no, preferibilmente. Troverà un lavoro, forse un lavoro che potrà fare adoperando le mani, non troppo complicato, in una città dove non lo conosce nessuno e dove il suo passato riguarderà soltanto lui. Non avrà parenti attorno, immagina che pochi saranno anche gli amici, considerato il carattere che lui stesso riconosce di avere. Forse scoverà una ragazza disposta a sposarlo, a fargli un figlio, e assieme a loro potrà essere infelice senza troppi picchi di disperazione. Come tutti. Come tutte le generazioni che di padre in figlio si tramandano il lascito di un'infelicità almeno ammissibile.

– ... Cinquantacinque, cinquantasei, cinquantasette, cinquantotto...

Con le premesse che ci sono non c'è da illudersi che risulti gran cosa, il resto della sua vita. Ma il tempo della vendetta sta per scadere, e Calò deve accettare anche questo: una vita infelice è comunque meglio di niente.

– ... Cinquantanove, e sessanta.

Questo volume è stato stampato
su carta Palatina
delle Cartiere di Fabriano
nel mese di settembre 2016

Stampa: Officine Grafiche soc. coop., Palermo

Legatura: LE.I.MA. s.r.l., Palermo

Il contesto

1 Buket Uzuner. Ada d'ambra
2 Roberto Bolaño. I detective selvaggi
3 Jaime Bayly. Non dirlo a nessuno
4 Alicia Giménez-Bartlett. Una stanza tutta per gli altri
5 Anna Kazumi Stahl. Fiori di un solo giorno
6 Alicia Giménez-Bartlett. Vita sentimentale di un camionista
7 Mercè Rodoreda. La morte e la primavera
8 Sergio Bianchi. La gamba del Felice
9 François Vallejo. Madame Angeloso
10 Pietro Grossi. Pugni
11 Jaime Bayly. L'uragano ha il tuo nome
12 Francesco Recami. L'errore di Platini
13 Alicia Giménez-Bartlett. Segreta Penelope
14 Roberto Bolaño-A. G. Porta. Consigli di un discepolo di Jim Morrison a un fanatico di Joyce
15 Francesco Recami. Il correttore di bozze
16 Marijane Meaker. Highsmith. Una storia d'amore degli anni Cinquanta
17 Nino Vetri. Le ultime ore dei miei occhiali
18 Pietro Grossi. L'acchito
19 Alicia Giménez Bartlett. Giorni d'amore e inganno
20 François Vallejo. Il barone e il guardacaccia
21 Francesco Recami. Il superstizioso
22 Maria Attanasio, Giosuè Calaciura, Davide Camarrone, Santo Piazzese, Gaetano Savatteri, Lilia Zaouali. Il sogno e l'approdo. Racconti di stranieri in Sicilia
23 Andrea Camilleri, Ugo Cornia, Laura Pariani, Ermanno Rea, Francesco Recami, Fabio Stassi. Articolo 1. Racconti sul lavoro
24 Francesco Recami. Prenditi cura di me
25 Nino Vetri. Lume Lume

58 Alejandro Zambra. I miei documenti
59 Yasmina Khadra. Cosa aspettano le scimmie a diventare uomini
60 Sylvain Tesson. Abbandonarsi a vivere
61 Mia Couto. L'altro lato del mondo
62 Yasmina Khadra. L'ultima notte del Rais
63 Theodore Zeldin. Ventotto domande per affrontare il futuro. Un nuovo modo per ricordare il passato e immaginare l'avvenire
64 Jung-myung Lee. La guardia, il poeta e l'investigatore
65 Martin Suter. Montecristo
66 Alicia Giménez-Bartlett. Uomini nudi
67 Maria Rosaria Valentini. Magnifica
68 Clara Usón. Valori
69 Gigi Riva. L'ultimo rigore di Faruk. Una storia di calcio e di guerra
70 Alain Claude Sulzer. Post scriptum
71 Jenny Erpenbeck. Voci del verbo andare
72 Sylvain Tesson. Beresina. In sidecar con Napoleone